铁葫芦 | 文艺馆

铁葫芦

阮义忠 / 著

阮义忠的微博生活

一日一世界

中国华侨出版社

序

当我向朋友们提到微博出书的构想时，他们的反应多半是听听就好了，仿佛我会说说就算了。这使我决定先将书编出来再说，2012年600多条博文经过删减，整理成12个单元，原先没贴图的博文也都尽量重新拍照补上。同时，干脆自己包办整本书的美编设计，重温我当年办杂志、编丛书的作业。

2012年2月22日，我正式写第一则博文时就告诉自己，既然要写就得认真诚实，言之有物，结果就成了一则则短短的日记。又由于博友们经常表示想看图，我便开始拍些从前比较少关注的画面，为此还恢复了相机不离身的老习惯，且注意起色彩表现来。摄影生活35载，除了早年为杂志刊登所需拍过一些彩色反转片，我所出版的十多本摄影集及每次个展的照片，全是传统黑白银盐相纸之作。当别人好奇我为何独钟黑白时，我还曾以色盲自嘲。这些数码相机提供的多彩影像，也算是我的新尝试。

微博是个极其特殊的平台，一些原以为熟识之人，观其博文却感觉陌生，仿佛每个人内里的另一个自己纷纷现形。微博的沟通效果也令人诧异，有时在意之事共鸣不多，表达稍欠周全的语句，却经常被过度渲染，频频转发，似乎越具争议性的观点越让人感兴趣。凡走过必留下痕迹，我倒希望自己能定下神来，透过手指头，在iPad上点出最宁静的心思、心律和心声，即使不受关注，也为自己存下一些心得。

博文被快速刷新，如同沙漏中的微粒，在通过最窄的隙孔时，方能于刹那之间显现其独特的价值，但随即又会被淹没不见。整理成书能替那些灵光一闪的念头留下点滴痕迹，既然第一本微博图文集已付梓，我便期待能有第二册。

阮义忠

目录

Contents

客居 · 人家

留影 · 听音 · 赏味

面景 · 观心

客居·人家

建筑事实上就是对话：人与空间的对话，光与影的对话，室内与室外的对话。心想，最美的视野应该与最常用的空间结合。

1　天阔之家

在古亭租屋期间，觉得这辈子不会再买房了，住腻了就搬。有一天和内人在咖啡厅吃早点，打开报纸，一幅整版的新店溪航拍照吸引了我，决定下了班就去看看那家承建商所谓的“水岸第一排”的钢骨大厦。没想到，空空荡荡的粗坯屋窗外就是碧潭、新店溪以及南方的中央山脉（The Central Range）。我像是触了电，立刻就订下了这间房子。

8月27日　18：05

天阔，这个社区名字我喜欢。我是家里的用人，除了做饭，所有家事一手包，因此有资格说，不爱做家事的人，绝不可能是个好的室内设计师。设计不能只表现视觉美感，还得让打扫的人称心如意。就拿我自己设计的家来说吧，在哪个房间扫地都是享受，因为没死角，灰尘无处可躲，清洁起来毫不费力。这是客厅。

8月28日　13：45

天阔家一进门会先看到我的作品“手的秘密”。一位男性朋友当时正在研究平剧旦角手式，手保养得非常好。这也正是“上传佛法，下化众生”的手印，每天提醒着身为佛教徒的我。地板上的老苹果电脑屏幕，贴的是巴赫的无伴奏小提琴组曲乐谱手稿复制品。设计不能只考量美感，还必须充分理解所用之物的意义。

8月28日　16：43

这是天阔家从玄关进客厅的第一眼。沙发是两位设计师的作品混搭，找不到可匹配的茶几，只有自己设计了。我在大学上课的暗房紧临雕刻教室，常看到一堆漂亮的废料，便央请雕刻老师帮我随意找四块石头，切成一样的高度。将石头送来的那天，他还不知道我要干吗，可是等我把订制的玻璃往上一摆，两人都好开心！

8月28日　17：12

花盆摆在茶几下，看得到，却不占桌面空间，且与石头互相呼应。所谓的好设计，就是要让人从没想到过，却又觉得再合理不过。当我决定用漂白过的橡木地板时，装潢公司的老板直摇头，请我三思：“天阔社区有几百家住户都是我施工的，大家都用深色柚木，你用浅色的，不能看啊！”可是，铺好之后他却拼命拍照。

8月28日　17：39

天阔家里的客厅与餐厅只用三柱书架象征性地隔开，无碍视觉穿透，也利光线、空气流通。墙上的戏袍是苏州手绣，在西式家具的环绕下增点中国情调。许多朋友都喜欢我的家，但我得到的最大肯定是来自于一位消防器材测试员。他一进门就自言自语：“整个社区走了这么多户人家，到这里感觉好像时间静止不动了。”

8月29日　10：03

餐桌上的吊灯造型极简，夜晚映在玻璃窗上，如同浮在阳台植栽间的月亮。餐桌是木头托着火山岩，餐椅是木脚及皮座。用料与书架、地板都是同色橡木，感觉连成一气，仿佛是地上长出来的。石头、木头和皮革的结合让视感不偏冷也不偏热，亲和力强。靠墙小空间的那把土耳其制木椅，就是我听黑胶唱片的最佳位置。

8月29日　10：32

明天一早就要飞杭州了，这回出门八天，得把报纸专栏稿子赶出来，几日都在忙此事。想到能认识新朋友又能和老朋友见面，真开心。博友建议我体验PS3的电玩，谢了。有些事我从不体验：夜店、卡拉OK、按摩店、舞厅、麻将、大麻、槟榔等，至于烟酒早就戒了。我不是古板，而是远离会上瘾之事，除非是善与美。

8月29日　16：28

我在微博上发家居照片并非炫耀，而是想分享生活品味及生命美学。我只有高中毕业，一切都靠用心观察、仔细聆听和用心体会自学而成。在大学教书超过二十五年，从讲师一路慢慢升到教授。这是把每一件小事都当大事做的态度才能达到的结果，所以写微博如同写专栏、结集出书一般慎重，这点请博友们也能认同，感恩！

8月29日　16：54

2　关渡山居

博友们常说想看我贴图，以后我会不时拍些生活画面与大家分享。昨天在关渡山居过夜。这是从我最常坐的那把原木椅望出去的观音山景色。下午五点之后，光线就非常美了，云彩变幻莫测。也许很多人会以为这是难得的奇观，可是，在我家，这是天天都能看到的景象。即使看过千遍万遍，大自然永远令我沉醉、敬畏。

7月22日　11：19

在关渡山居，我醒来看到的第一景就是这样。河南郑州友人盛情相送的五只乐俑立在卧房窗前，后山茂盛的林木就像一幅随风摇曳的图画，仿佛随着乐俑的演奏起舞。望着它就会知道今天的风向，有时刮起大风，树形有如梵高的笔触，或是今村昌平的电影《楢山节考》中的一景。随着太阳升起，我像充过一夜电，浑身能量满满，出门。

7月22日　11：35

关渡山居的餐厅，有一整面墙用镜子来引入对面的风景，天上的云也映在餐桌上。再好的设计都比不上自然，所以设计应该是向自然学习的过程。这是有30年历史的老旧公寓，我将原有的隔间全部打掉，心想，最美的视野应该与最常用的空间结合。三餐都要吃饭，最适合在这里。这是下午四点左右，光线愈晚愈美。

7月23日　15：00

关渡山居的餐厅、客厅与客房互通，休息时可用隐藏的拉门隔间。公寓坐东朝西，下午光线游走整个空间，地上的光线会反射到天花板上，墙面也会彼此映照。人在其中，随时会被变化的光影迷倒。光线时明时暗，影子忽长忽短，仿佛都是活的。建筑事实上就是对话：人与空间的对话，光与影的对话，室内与室外的对话。

7月24日　09：40

从另外一个角度看关渡山居。家具采用木、竹、藤以及玻璃、不锈钢、石材等，每样大小摆设都是我亲自去挑的。我对设计的看法是，把好东西摆对位置就是最高明的设计。这360度的音箱可从地板下拉电源线，因此看起来像雕塑品而非器材。这又是对话：颜色与形状的对话，不同材质间的对话，实用与美感的对话。

7月24日　09：53

坐在关渡山居客厅的沙发上，既可避免日晒又可欣赏光线变化。主墙上是我摄影作品中的观音像，展开在地板上的是黄庭坚的《松风阁诗帖》，右边原木椅是我最常赏景、喝咖啡、写文章的角落。左边三扇衣橱门，一扇拉开是浴室。前面一对音箱，上面的金属圆球用来反射高音与中音，低音则是在下方透过地板反射。

7月25日　06：42

音箱后的隐藏式拉门关上就变成了两个空间，里面成为独立套房。这四扇拉门我特别挑了精于植物及鸟类观察的绘画大师雷杜德及奥杜邦的作品。关渡是有名的水鸟之乡，在淡水河畔还有国家级自然公园。设计考量跟自然生态有关，且反映我个人对东西交融的兴趣。这四幅画从背面看就像蒙了一层雾，更美。

7月25日　06：59

关渡山居的这尊白瓷观音像是在青岛一间民艺店的架子顶端发现的，沾满灰尘，显然是在等有缘人。店家很意外我会看上，说这是著名陶艺家的作品，价钱可不便宜！我很高兴那时当机立断将菩萨请了回来，却找不到足以匹配的贡桌，最后决定使之腾空，慈眼俯瞰众生。花座小到不能再小，而且是透明的，一切极简。

7月26日　10：06

PLAYSTATION 3
AUDIO SPACE
consonance

我喜欢将音响器材放在角落里，陈板没有支架，是直接由墙面伸出的钢片外包压克力来支撑的。有博友问，观音与花台的支架在哪儿？道理一样。我的LP唱盘、CD功扩与沙发边的超低音音箱都是国产品，只有前天贴的360度音箱是德国制。我不迷信名牌，选择标准首重造型，音色、音场次之，当然也不能差。毕竟，音乐才是目的。

7月27日　08：53

关渡山居的进门玄关是道弧形拉门，与左墙扇形窗呼应。此拉门可是我费尽苦心找工厂定做的，以两片压克力夹住海草，加热、弯曲、定型而成；灵感来自于一个小钥匙圈的压花工艺。能把自己的美感体验变成生活器物，真是痛快！此门通往厨房，门后有一小小储藏间，进门按开关，海草墙后灯乍亮，绿意荡漾室内。

7月27日　09：09

3　自然是部天书

连日绵雨歇止，出去痛快地走了两个小时，堤岸上的芦苇和藤蔓把颗颗卵石全遮覆不见。这令我想起尚未发表的《与石头对话》中的一句话：一切万物都互相依赖，美是伴着丑而生，完美是仗着残缺而存在。新店溪畔那半块半块的破石头，正等着与某人某物相逢，彼此互相需要，互相弥补。如此，所有存在都能一一变美而至圆满。

3月15日　08：30

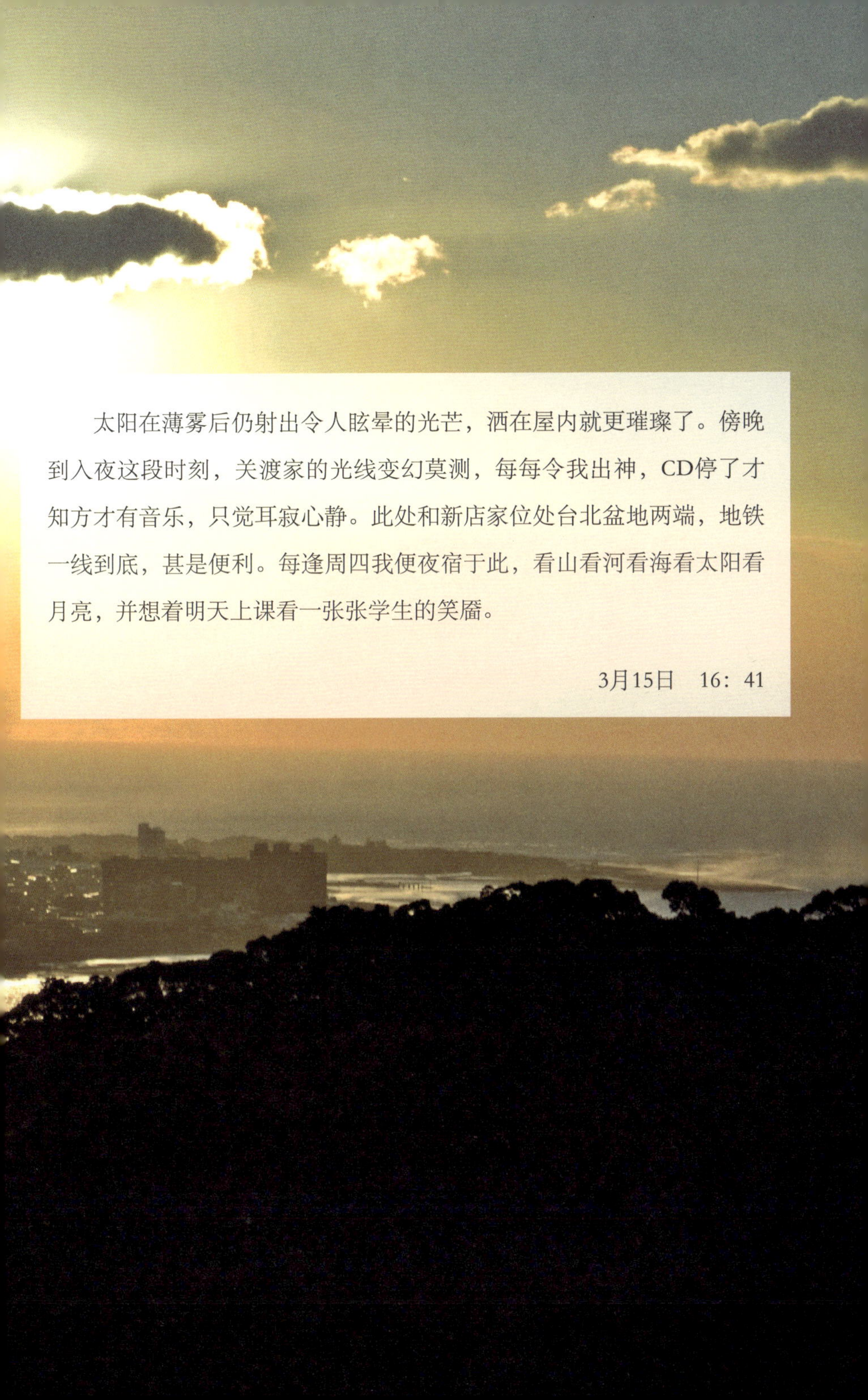

太阳在薄雾后仍射出令人眩晕的光芒，洒在屋内就更璀璨了。傍晚到入夜这段时刻，关渡家的光线变幻莫测，每每令我出神，CD停了才知方才有音乐，只觉耳寂心静。此处和新店家位处台北盆地两端，地铁一线到底，甚是便利。每逢周四我便夜宿于此，看山看河看海看太阳看月亮，并想着明天上课看一张张学生的笑靥。

3月15日　16：41

两天没晨走，不是天雨而是人累。地还是要扫，不然连心也倦。一天之始，我先扫地再出门，这个习惯维持了近十年。我喜欢干净，不只是物理与视觉上的追求，也是精神与心灵的需要。摄影方面我努力达到：眼见一切都有合宜的位置与比例。生活中，我试着和每天要相处的人事物达成和谐。我把艺术之道和生活之理合一。

3月20日　08：29

听Stephan Micus的*Wings Over Water*，看《生活月刊》别册《再见美好时代》，极喜欢。张泉的序有古人之敦厚，今人之激昂，难得！Micus这张黑胶唱片陪了我30年，极高兴与极伤感时我总会取出来播放。Micus敲花瓶与箫、吉他和西塔琴合奏，自己演奏自己的混音。与自己对话，穿越古今，东西相会，身心合一。这就是美好时代。

3月21日　17：21

鸟在林梢叫着，四周都是树，仿佛是绿叶在发声。两只不知名的鸟从眼下掠过，居高之感陡增。这儿并非深山，却有隐居之幽静。放眼河流、海口、城镇，心却跳脱在外，既近又遥。室内，衣橱的玻璃映出我在写微博的剪影；另一面墙上悬空的白瓷观音菩萨，时时都在慈视着家里的一切，和窗外的观音山东西相望。

3月23日　06：46

昨日白天如夏，傍晚下课如秋，今晨碧潭水面山风刺脸似冬，一天换了三季，而此刻春竟躲了起来。其实宝岛四季如春，只是爱闹。过吊桥登和美山顶，环视八方，家及台北尽在脚下。下山至渡口，坐摆渡回右岸。同渡者一老一少，发白如雪的佝背老妇，年逾九十，谢绝我的搀扶，说：“有杖足矣。”令人既羡且佩。

3月24日　09：39

醒来雨声入耳，不能晨走了。昨天擦得透明如无的窗户，全都花了。客人总是讶异我家的洁净，其实再干净的玻璃，夕阳逆射，纤细的浮尘都会变成杂纹。所以，此刻擦玻璃最见效。并且，我把擦底片的心都用上了：要慢慢吸干而非擦干，水渍方可避免。如此，外面的景色全成了室内的延伸，而我和自然也就合二为一了。

3月31日　05：18

十点雨停，恰好写毕一则“南都”专栏稿，立即出门快走。在校园里见一排白碎花盛开的行道树，驻足赏花的退休夫妇见我在树前赞叹，告知这是流苏。连花名也诗意，令我用心凝视。远看极像初雪落满枝头，近看无数朵米粒般的花瓣随风摇曳，有如浪花四溅，真是醉人。回程买了蔬菜加蛋葱抓饼当午餐，其味回甘。

3月31日　12：18

昨日，电视上一位舞台剧名导接受采访，他说爱在都市看人看事，不爱看自然，自然太无趣。一听甚惊！两人以上就会有爱与恨、离与合的事发生，更多人更多事，就会有忠诚与背叛、宽恕与报仇、罪与罚等因果，编戏的当然有取之不尽的题材。但自然是一部天书，任何时代任何人都该向它取经，心诚才有办法读懂！

4月1日　08：11

堤外芦苇丛近水处，一老人高举薄纸向天。原以为他在吊嗓子练唱。走近见他三次90度鞠躬参拜，方知是遥祭至亲。头戴毛线帽，身穿冬衣，显然是天未亮就来了。唉，又是一位思亲的退伍老兵。他的伤痛埋在心坎深处超过半个世纪了。祝他今后将之随祭文焚化成烟，流向新店溪，流入淡水河，出海向彼岸。

4月2日　07：35

戒烟后就养成早睡早起的习惯，茹素后就少应酬，渐渐就没社交了。我过日子淡如白水却甘之若饴。我用音乐使心灵丰盈，用观看吸纳外在，用自律使方向不偏，用规范使自己自在，用舍知得，这是由每天的作息所得到的体验。从书本读到的是别人的修行，来自生活的感受能时时反观自照，那就是可贵的智慧。自勉之。

4月5日　05：47

搭头班地铁到北投，菜市场的阿婆正在摆摊，买了一袋地瓜赶至雀榕树下，挽面婆已坐在定位。她们都比我年长，比我早起，比我苦干，比我快活。社区巴士司机急急把车一停，就冲去报摊买彩券报（彩券，台湾盛行的一种普民敛财凭证，类似于国内的“彩票”），下车的学生一脸睡相不情愿。务实、妄想、懵懂的人生就在同一时同一地交错展开。回到关渡山居拉开窗帘，观音山早。

5月31日　07：49

原以为只是海面远处有雨，哪知才几分钟光景，眼前的阳光就被急来的乌云赶跑。随即上顶楼收拾棉被床单时，雨便阵阵落下。进屋，窗前已化成朦胧幻象。关渡景色随季节气候时时变化，真是千金难买。我常常一人独对风、林、雨，跟山、海、河交谈，听蝉叫蛙鸣鸟啼，赏光影交替。文思浮上，心念定下，下笔即成章。

5月31日　10：36

海面上的云吹向观音山头，把原先的蓝天缝合不见，可阳光依旧透云而出，在水平线上划了一道银光。今天的色温极正，纯白亮洁没有泛红，简直不像地球上的黄昏。一日将尽，回想干了些啥？一部奥斯卡最佳外语片看不下去；一具因橡胶变质黏糊糊的单筒望远镜，被我细心缠上胶带救回，再度上脚架赏鸟。总算没白过。

5月31日　16：27

白鹭鸶总是独飞，喜鹊老是比翼，孤鹰只蝶必定有因，天色虽暗飞禽未息。我的黑胶唱片上万，CD不多，且都以从北京798地摊及沈阳淘来的居多。正在听的碟是从798那对年轻夫妻处买来的原版——梅尔·吉布森导演的《耶稣受难记》的原声带。电影没见到，但配乐真是撼人。柯恩、迪伦全都献唱了。CD夫妻，你俩现今可好?

5月31日　17：54

很少坐在书房写微博，是因为收讯不佳。其实满窗绿林随风摇曳，是一幅会动的画。刚从后山走了一圈回来，真是入画又出图。榕树樟木参天，野生姑婆芋四窜，石阶步道盘绕，桂花杜鹃百合接续成篱，蝴蝶时现眼前时躲迷藏，蝉声争先鸟叫恐后。我真爱关渡山居，虽然一周才来一宿，但令我满心欢喜去上课。

6月1日　10：01

每周五一连五节课上下来，累极回家，简便用餐沐浴后立刻上床，一觉好睡起个大早。今天三点半就睁开眼干活了，第一件事当然是扫地，晨走时路灯仍亮着，绕了比平常一倍长的河岸，把昨日耗掉的精神给充足了电。在很多人仍未起床时，自己已结结实实过了半天，这种感觉就像得到礼物一样，人生又多了些许光阴。

6月2日　07：10

虽然搭779公交车到仓库一趟，往返需两个小时，外加步行一个钟头，但我一点儿也不嫌烦，因为此行经过开拓之初的山村，来到全省规划最完善的社区，令人有穿梭时空的奇妙感受。尤其这趟公交车真是农业时代的庶民舞台，光看与听就能分享到现今难遇的人生百态。何况这儿有家我爱的“小石窑”馆子，同时泳池也开放了。

6月5日　11：05

良興肉品
統一茗茶
新店779三峽
Xindian
Sansia
三峽779新店
台北客運
慢

醒来往窗外一望，明月高挂淡蓝天上，晨曦已映在山后，日夜正在唱和，鸟也纷纷助兴。我把仓库理得如同住家，除了一个房间满满是书、资料和舍不得丢的物件之外，其他空间足以度假。仓库里有办《摄影家》杂志时与大师的通信文本及历年来没选用的大量照片，等于是我的文献馆。也许哪天会全捐出来吧，等待缘分。

6月6日　05：07

此刻，阳光放肆地射入半个起居室，把原木椅的影子打在地板上及靠墙角的黄庭坚《松风阁诗帖》的摺页摆饰上。关渡山居的夏日西晒真热，但光线变化之美让人足以忘怀。当清风徐来，暑意全消，只剩感动在热。又是山河海随落日角度变幻多端的时分，此时还得戴上墨镜才能直视窗外呢，我正是以遨游之心在家度假。

6月7日　17：17

太阳躲在云后，但海面霞光映出它的辉煌，万物都必须以它物证明自己的存在。试想：若无别人，哪来爱恨情仇，哪来酸甜苦辣，哪来宽恕，哪来忏悔，哪来重生……太阳依旧不见，海面霞光更柔，人越是急着声明自己的存在，就越碍人眼。炎日当头人人避之，躲在云后却人人想念它。哇！太阳露脸了，是如此可亲。

6月7日　18：10

把屋内电灯全关了，户外微光下的景色就显眼一些，河面映出路灯倒影，越远的越像烛火，会随风摇曳。天在低首抬头间亮开，鸟声逐渐盖过蛙鸣，而蝉叫却始终如一，日夜与之无关。一只鸟领队，五只随后不急不徐从窗前掠过，所有灯火须臾在天露白下失色。我将微博视为真情的瞬间捕捉，以前用相机，现在用文字。

6月8日　04：56

4　三峡仓库

《摄影家》杂志停办后，一堆资料存书没地方摆，不得不在住家附近找了间有40年历史的破公寓。一楼是修车厂，阴暗的楼梯摆满了住户的鞋子，毫无居住品质可言，但租金便宜。最大的房间当仓库，其他角落我还是布置得像家一样。渗水的光秃墙面用松木板拉出利落线条，美与实用兼顾，户外休闲桌椅在纸灯照射下也光彩起来。

10月4日　09：54

每个房间的门与窗户都被我拆了，封闭空间中的视线豁然开朗。找出本来不知用在哪儿的纸窗帘垂在梁下，内外顿时分明。家庭老照片放在屏风里，生活痕迹与旧时记忆便盈满本来不属于自己的环境。我觉得，任何设计，尤其是室内设计，一定要考虑人跟物的关系。否则，装潢得再精心巧妙，也会显得木然没人气。

10月4日　10：17

这儿可当卧房，有张沙发床。拆掉的窗户边架个承板，摆着从北京潘家园买回来的手摇唱机。羊毛地毯是到摩洛哥旅行时硬被导游推销的。书架和立灯都是我喜欢的样式，在上个居处显得出色，在新店家却格格不入。不是两件好东西摆在一起就会加倍好，再好的东西，只要摆错地方就不妙，但这是设计者最难掌握的。

10月4日　10：34

怀素的《自叙帖》，原本用来要给儿子房间补壁的，可他打死也不肯，嫌老气。放在这儿就变成视觉焦点，使房子的老也有了文化的古，我拍的京剧旦角手式则在其他墙面与之呼应，彼此加分。小小书架上摆着我所有作品的出处：《家庭月刊》《人间杂志》的合订本以及全套《摄影家》杂志。上面的小音响，让我来取书时也能欣赏音乐。

10月4日　11：05

Family Library of Great Music
Beethoven

唯一没被拆掉的那扇门，里面就是仓库，门神帮我保护着一路走来的脚印。通往厨房的过道，以墨西哥桌巾美化。那套皮沙发买了近二十年，搬到哪里都舍不得丢，越用越好看。此仓库一共用了六年，可惜漏水愈发严重，只好搬去老远的三峡。现在回想，还真有点儿怀念这个空间，因为本来难看，后来却带几分优雅。

10月4日　10：47

另一房间的窗旁架个活动承板，既像吧台，又是工作角落。窗框上半部贴张油蜡纸，既有分隔空间的作用，又不会看到斑驳的天花板。一盏小到不能再小的夹灯锁在窗框上，不占地方又管用。空间虽然用心布置了，自己用到的机会却不多。曾告诉远方友人，到台北可来此小住，可一听是仓库他便犹豫，若是来看，肯定喜欢。

10月4日　11：34

整个屋里最难看的地方，就是主梁嵌着丑极的日光灯。不能拆灯，只好去找了一种特殊的纸把梁整个包起来，让它变成美丽的花灯。这种手工纸在制作过程中加入了花卉、树叶和竹片，平时看来一般，但一透光就带着灵气，植物仿佛活了过来，纹理、纤维、色泽都展现了内在的细节。可惜那家纸店如今已不知搬去何处。

10月4日　11：49

三峡仓库1：我把旧仓库的货全搬来，第二天就布置好了。FLOS经典抛物线立灯及柯布西埃躺椅一摆，味道就出来了。天花板管线吊下的戏服来自北京老友，几年前他还出版了一本中国戏服专书。书架、屏风、餐桌椅、纸灯等虽都是老家具，但我保养得很好。把不同物品的关系位置处理好，对我来讲，就是有趣的游戏。

10月8日　09：13

三峡仓库2：只有这个圆茶几是新添的，因为原来的旧东西怎么摆都不对。但也不算花钱，六年前退了一张不合适的床，老板说只能换货不能退钱，现在终于换好了。沙发原来的布已磨破，重新换了外套。墙上的毛毯既可补壁，又有吸音效果，听起音乐来，就顺耳多了。这个角落光线最美，我喜欢在这里看书报、写文章。

10月8日　09：27

三峡仓库3：物品若是随便摆，再好的家也像仓库，若用心，仓库也能是舒适的家。朋友常说，我走到哪里都能把空间变得舒服，那是因为我从小就把父亲在阳台加盖的仓库变成我的小天堂。尽管木料经常搬进搬出，我都有办法做调整。大概是那段时间的训练，让我后来无论遇到多么糟糕的环境，都能将其改到最好。

10月8日　09：42

三峡仓库4：为了有时能过夜，不得不添购六块榻榻米。那把原来摆哪儿都碍眼的躺椅往中间一放，浑然天成。投影钟是把两个坏的拼成一个好的，墙上的花盆为印度手工敲花，买来十多年了，一直找不到地方吊。这回把它翻出来，刚好能将最难处理的死角变得有趣。我极爱室内设计，苦无机会发挥，只好在自个儿的空间里过瘾。

10月8日　10：09

12
3
6

留影·听音·赏味

人人都是一部经，光看光听就有数不完的精彩故事，但入心，还需经一番咀嚼才行。

綠豆黃

5　阮家咖啡

旅行回家后第一杯阮家咖啡入口，方觉得身心都在，也才再次体会到独家配方的好。虽没绿豆黄配，但新鲜蛋黄酥也可凑合，续杯了。台北比南京、杭州都热，但空气要好很多。每个城市都有好及不好之处，如每个人一样，没有十全十美的，心存善意则处处皆顺；心生怨气则人人皆逆。祝福博友们时常看到人、事、物之美。

9月6日　14：57

有些博友说搜不到配方，就再公开一次，阮家咖啡：Kona圆豆、肯亚AA、哥斯达黎加、黄金曼特宁四种生豆以1：1：1：2烘焙至第二爆响，烟刚冒开，豆色泽深但不能出油（或刚出油）紧急下豆冷却。由于Kona经常缺货，我已改用耶加雪啡。烘好一周内是最佳赏味期。我第一次公开配方时，有人评“无聊”，好心还招骂！

9月7日　10：43

我从小就喝咖啡，但并不懂滋味，只觉那是大人饮料，代表有见识，所以想学。一直以咖啡提神并不讲究的，直到有人送我一只布袋滤杯，另一人送我一包快过期的咖啡粉。当打开真空包装冲第一杯时，我的味蕾被唤醒了，第二天再冲时却香醇全失。原来久放的咖啡粉和空气一接触会立刻变质。于是，我下工夫开始研究。

9月7日　11：09

为了研究有方，我把市面上能买到的咖啡书全读了，并花钱报名学了“精选咖啡6堂课”。最后亲自到生豆进口商兼烘焙厂实际了解以求究竟。就这样开始自己配豆烘焙。结论是：没有一种生豆是完美的，上上之豆也需下豆去配，才会圆满；没有一种煮法是超群的，各有优劣。但豆的新鲜、粉的粗细、水的比例可要严守。

9月7日　12：23

午饭后出门淘了十张黑胶唱片并买了绿豆黄，现正坐在土耳其木椅上享受两者。我的第一台浓缩咖啡机La Pavoni是那年从威尼斯一路经瑞士、法国、美国、日本扛回台北市的，只为它好看又是110V电压，中国台湾能用。这台手动压水的机器煮出来的Espresso真够劲儿，但实在麻烦，就换了半自动机器。要好看又好用，真难!

9月7日　17：39

出远门时，我通常都会带着半磅阮家咖啡豆、Bodum手摇磨豆机及加压壶。此类产品不下四十种，我却偏爱此款，因为看起来就像艺术品。好看跟好用存在一种奇妙的关系，依我的经验，实用的必定美观，而美观的却大多不实用。这两件东西既实用又美观，又不需电力，只要有沸水，就能提供给我一杯香醇又回甘的咖啡。

9月8日　09：30

我的第二台浓缩咖啡机是半自动的，除了不能磨豆，一切便利，还能打奶泡。物超所值，价格比好磨豆机还便宜，两者合买不到人民币2000元，却可让最挑剔的人满意。机器是日本设计中国台湾制造的，还没坏过。尽管现在我常用的是全自动咖啡机，但偶尔也会用它来调剂一下，烧出来的咖啡很有个性，香醇中带着狂野。

9月8日　09：42

这台全自动的浓缩咖啡机是瑞士制的，品质可靠，服务特好，打电话技师就来。消费不光是买产品，还得考虑售后服务。台湾气候潮湿，咖啡豆容易受潮，超过一星期不用就会黏住齿轮，让机器停摆，出门旅行前要记得把槽内的豆子用完。我们一家三口都喝咖啡，半磅豆子一周用完，杯杯新鲜，周周都能闻到烘咖啡香。

9月9日　07：59

我用过四种咖啡烘豆机。第一台是美国制，小小的，品质极佳。可是每回只能烘三杯分量，太麻烦。有次滚烫的玻璃槽不小心碰到水，立刻龟裂。第二台是韩国制，很快就不灵光了，无法加热到第二爆，烘出来的豆子酸涩。这架中国台湾制的可好了，烘好还能自动冷却，效果跟营业用的大机器差不多，此刻它正在飘香呢！

9月9日　08：20

这是我为造型而买的咖啡机，不煮，光看着也舒服。它不需电就能煮出Espresso，将两只像翅膀的把手往上提就可以提供气压，多巧妙的设计！只需备沸水、咖啡粉，煮出来的油脂也很漂亮，唯一的缺点是咖啡不够热。如果先把杯子烫过，就能改善多多。据说这是登山客最爱的机器，可是我觉得它太重了，爬小山丘还可以。

9月12日　09：23

这是咖啡发烧友梦想的机器，设计人为它取名“Dream”。该公司是西班牙人 A. Ascaso于1962年所创，机器外壳至今仍维持手工打造。我虽不常用，可是把它放在家里最显眼之处——厨房与餐厅过道的矮桌。连人在客厅也能远远看到它，望着它，仿佛已闻到了咖啡香。内人希望这是我买的最后一台。我可不敢答应她。

9月12日　09：37

爱喝咖啡的人会喜欢买各式咖啡杯，在不同气氛下使用。我的杯子倒不多，家里最常用的这一组设计得真好，杯盘都可以挂着，盘子中间的圆洞刚好可以嵌住杯底，而且一提就走，摆在哪儿都很吸眼，收纳又方便。这就是既实用又美观的例子。这家丹麦厂商Bodum也出过浓缩咖啡机，可惜已停产，我得找找二手的。

9月12日　09：52

我在很多方面都很节省，衣服鞋子便宜又少，吃的方面也特别简单。咖啡机与黑胶唱盘比较多，是因为我从嗜好进入了研究状态，前者让我能更理解咖啡豆的精华，后者让我能更体会黑胶唱片潜在的细节。什么事都要有节制，我从不借贷去满足嗜好。倒是年轻时，为了买Leica相机和Leitz放大机，都标了会。这是创作。

9月12日　10：56

前一阵子教儿子烘焙咖啡豆，第一次成功使他大意，接连两次失败后，我又示范了一次，并告知：除了观色闻香听音之外，还要注意第二次爆豆声的间隙，差个几秒就不能烘成不酸不苦、甘醇的咖啡豆了。我指出他失败的原因是烘到只差一口气，儿子笑言：这么形容好像咖啡要死了。我说：是要活过来，只要吐出气来！

3月3日　17：07

回复@**咖啡人家**：看来你比我讲究。我曾一度爱中烘焙的豆子，但家人、朋友都嫌酸，所以渐渐加深。我不能光顾自己口味，任何事都不宜太偏，必须妥协才行。我求豆以新鲜且货源稳定为重，我也知配豆有更好的选择，但我碰到对味的即喊停，不再穷追下去。这是尺度问题，任何事都需要界限，无止境便会迷失了。

9月12日　11：57

Nikon

6　摄影与设计

差一点儿赶不上往花莲的火车，穿上慈济志工服，我便是证严法师身旁的摄影师。明天将有贵宾来访，我得做好记录，这个任务不容差错，也不能爱怎么拍就怎么拍。事件的重点绝不能错过，摄影师的功力只能用来强调事件的意义，而非凸显创作手法。这是尊重对象的表现，并非失去个人风格。放空自己，才能装得更多。

9月12日　14：59

安单在静思精舍，这儿的作息极规律，六点晚斋后就没事了，趁机回复博友：我有M2、M4、M6三款Leica相机，前两架不曾有故障，但新的送修过两次。德国工艺也没往日考究，所以对这牌子的数码机已没兴趣，无从和它厂作比较。机器与人也需投缘，喜欢、顺手就好。倒是现在的相机都是消耗品，以前的用三代还很好。

9月12日　18：51

回复：我一直到三年前才用数码相机，是Nikon单反。替慈济所拍的两千多卷35mm底片，已全捐给静思精舍的史料库典藏，我只留下一百多张20mm×24mm的一套纸基相纸精选及所有印样。由于胶卷越来越贵又缺货，我不得不换成数码相机替证严法师留影，只偶尔用胶卷相机来怀旧。但我仍做暗房工作，因为有太多底片不曾放过。

9月13日　06：02

回复：我用数码相机拍当然也会看屏幕，但绝不拍一下看一下，而是等事件过后才集中回看，若失败就认了。虽然一张好照片是“老天给的礼物”，没接好也会摔坏的，但知道失败在哪处也是收获。寇德卡曾将失败之作贴满一面墙检讨。自我教育很重要，样片上好坏之作并存，正有此用，但数码相机的失败之作全被删了。

9月13日　12：21

昨天下午的摄影工作，还真做到了从头到尾未检视屏幕，因为根本喘不过气来。海峡两岸的官员陈云林先生与江丙坤先生至静思精舍拜会证严法师后，到静思堂参观慈济志业博览会，并于感恩堂向媒体记者致意。师父送别贵宾时，下起大雨来，海峡两岸同胞在伞阵中遮雨同行，那一幕真有风雨中生信心之象征意义啊！

9月14日　06：02

昨天中午在学生餐厅遇见上学期修我课的学生，她说："上课时老师的眼睛是发亮的，怎么此刻无神，是不是最近很累？"任何人在无私付出而燃烧自己时，生命是正在发光发热的；而当一个人被贪念及欲望炽燃时，是面露凶相的。而我饿昏了正在用餐，就是个凡人。没想到在学生心目中，老师永远是台上的样子。

3月17日　09：40

刚由宜兰大学回到台北，看到《人与土地》的一张照片被当成纪念碑竖立在图书馆前，并且刻有我的笔迹：摄影让我找到根，使我在这片土地上产生实在的认同感；观看之道让我成长，使我体会所有人类息息相关，理当互助互爱、共荣共存的道理。这是我一辈子在走的路，而我所有的摄影作品正是回家路上一步步的脚印。

5月19日　18：19

有博友问：拍照和摄影有何差别？对我而言，拍照是用眼看，摄影是用心看。拍照是替自己留纪念，摄影是为时代做见证。拍照是休闲与娱乐，摄影是化刹那为永恒。拍照是提供视觉美感，摄影是生命的感动。拍照是家庭相簿的珍贵回忆，摄影是整个时代的共同乡愁。拍照是让自己开心满足，摄影是让别人珍惜怀念。

8月1日　09：02

换个话题吧。有一博友问：“做一个常感悟的人，有时会曲高和寡。你也有过寂寞的一段吧。”是的，不被理解之时就有寂寞之感。人人都会有被误解之时，重要的是如何处之。先反省？还是先辩解？最好的方法是换个角度看事情，想想别人为何会误解。总之，先别动气也别丧气，事情就会顺。我非完人，时时会犯错。

8月1日　16：35

这辈子最舒服的理发经验发生在今天。每周坐一回779号公交车，横溪站正好是“成美理发店”门口，每回由车上看下去，总会被这半世纪的老店吸引，师傅白发苍苍，顾客年纪比他还大。今天真忍不住下车进去理了发。人人都是一部经，光看光听就有数不完的精彩故事，而这个故事也将在“读人 · 读景”中细说。

8月3日　16：26

今天我倒像刚学会拍照不久，有任务在身生怕失手。一个人在三峡与新店交界处的山中，站在唯一的路桥上等779号公交车由弯道处现身。算准时间但也在太阳下等了15分钟，结果车子入境的几秒内我还是没拍好。倒是在下一班车内捕捉到差强人意的乘客画面，这是为我即将上报的新专栏“读人 · 读景”所拍的配图。

8月3日　17：02

今早由三峡回新店的779公交车，我中途下车补拍昨天没拍好的画面，结果俯瞰车子入境的镜头成功了。下班车来我刚上车，对面驶来回程的779，我一手拿票卡一手举相机，将驾驶座的司机特写当前景，交错而过的公交车是背景。这才是好照片，出乎意料又在掌握之中的瞬间，而司机的开怀大笑更是精神所在！

8月4日　09：54

有博友@**程霖0725**问：“学摄影，自学或到影楼当助理好吗？”这要看跟的师傅是谁而定。我倒建议去找一部电影看，三原光寻编导的《乡村照相馆》可以给任何有志此行的人一个好答案。每学期给学生上的第一堂课，我就是放这部片子，所有关于摄影本质、创作态度、生命价值、父子代沟等问题都呈现了，祝福！

8月19日　11：50

回复@Joiii周艾：街拍完全要视现场情况，以不让对象感到受打扰或侵犯为要。在一定距离外取景不会让人觉得受扰，但太靠近就会被认为有企图。我要靠近对象时，会老远就向他展开笑容，按过快门再鞠个躬。对方通常都会感受到我的善意，若是感觉对象不愿被拍，我宁可放弃，因为我的拍摄原则是尊重对象。

9月12日　08：25

午后雷阵雨方歇，我坐在新店地铁站外的一具公共艺术上，人人都拿它当椅凳。作者肯定开心，自己的心血不但能看也能用。来早了半个小时，779公交车司机在驾驶座上睡觉。两周没去三峡了，想念那社区宽敞的人行道。在那儿散步真有点儿像在西班牙小镇的广场，想想也挺有趣，我把到仓库找资料拿书也当成了度假。

9月14日　15：41

入夜时，三峡老街在大雨中浮现出往日的幽情，我问了三户店家，没人知道当年的画像铺是哪间。忽然间一个胖胖的小女生撑伞走过，街景竟比电视播的广告片还像广告。我左手打伞右手拍照，淋湿了半身。拱廊的另一头，一位游客偷偷在拍我，是认出我是谁呢，还是我也像个广告片中的角色……我要将此写入“读人 · 读景”中。

9月14日　18：54

乌云在上细雨在下，今天看来不易晴了。在榻榻米上一宿，有如他乡醒来。观想异地，神便云游，直至咖啡入口才返回三峡。这儿少来，却很多情，空屋摆上旧家具、老照片、藏书和资料，再添上几盏灯，吊上戏服，便是别出一格的设计。我的生活痕迹全在此，舍不得扔的东西，未完成的心愿，是一堆待拼的七巧板。

9月15日　06：12

于校园晨走时突降大雨，一位妇人急奔而去。打伞的我想让她遮避都追不上，直至她跑不动了，我才赶上前为之挡雨。北大特区的所有住户都是都市移民，这儿本是一片果林，种橘子的叫“柑园”、种桃的叫“桃子脚”。所有住户都爱惜大环境，敦亲睦邻。我是看着这儿由荒地变成全台最有规划的社区，祈永葆现况。

9月15日　09：52

入秋，三峡仓库可就舒适了。没装空调，只在天花板上安吊扇，真热起来还是不管用。而此刻，不必开它，也好看。五点起床没去晨走，好好地保养了两张皮沙发，上油、搓揉。有时按步骤做好每件小事，才知道以前以为做到的尽头之处，其实尚有待改善。今天，可把柯布西埃的那把躺椅的每条扣带、每条弹簧都给上油了！

10月6日　07：22

在三峡，我的早餐都是在竹街广场的露天咖啡座上享用鲜果杂粮堡。我会将仓库搬来实是缘分，一位学生说服她父亲请我做室内设计，我一来就喜欢上了，结果竟比陈家还早迁入。我的奇想：以米芾的拓片当柜面，钱选的山水画当壁纸、花卉工笔当窗帘，终于实现。陈家很满意，但我觉得他们挑的家具没能融入意境。

10月6日　08：45

真巧，就在写完上则微博时，陈家夫妇经过，邀我到他家小坐。我又正好带着相机，拍了几张照片，回新店可传图。他们越住越满意，我也越看越喜欢，连原先觉得不够搭的家具，也顺眼了。我的仓库在他家的同栋楼下，完全没装潢，只把旧仓库的东西重新摆过，倒也有另类风格。我有不少室内设计构想，只待机缘实现。

10月6日　10：46

陈府设计1：我19岁时就设计过咖啡屋，这算是第二次帮别人设计。陈府格局方正，唯一的缺点是开门就面对一堵墙。我用一幅画把缺点化为优点，将此画沿着墙壁做90度转弯，延伸至另一面墙，使之成为整个房间的灵魂。翻阅许多中国古画后，决定用钱选的山水画，因为他用了别人不太敢用的青色，看来既古老又现代。

10月6日　17：18

陈府设计2：门边窄道镶镜面，空间顿时开阔。我将米芾的拓片框在此柜上，就成了我所能想象的最优雅的鞋柜。人人不在意之处，反而最需用心。好的设计应该让人意外，那才表示心思用对方向。拓片乃河南友人相赠，我喜欢极了，但还是割爱。也许有人会认为，翻拍一下输图就行了，但我觉得，要用就用最好的。

10月6日　17：33

陈府设计3：我只选了钱选这幅山水画的局部，因比例与墙面不符，故特请专精电脑的朋友帮我后期制作。左边拉门打开可通往厨房，关上就是一气呵成的大图。这个角落是餐厅，FLOS吊灯与我新店家的一模一样。餐桌椅是我陪陈氏伉俪一起去挑的，本来觉得可以再找更适配的，但现在却愈看愈顺眼。他们眼光还是不错的。

10月6日　17：44

陈府设计4：钱选的花卉局部图，我将之输在窗帘布上，真是典雅啊！这套沙发茶几可贵了，但陈家主人非买不可，因为是亲戚开的店。本来我的构想是沙发后放一排竹子盆景，可是大家都说竹子在室内养不活。陈太太去三峡老街市场买了一株旅人蕉，本来一直放在窗边日照，但为了摄影，还是挪到这个位置最好看。

10月6日　17：53

陈府设计5：我一直觉得，要将中国传统元素用在日常生活得格外用心，以避免不伦不类。用得恰到好处，就能让传统活过来。换言之，就是要重新理解传统的内涵。钱选的这幅花卉图用在窗帘上，全开或半开，开一扇或开两扇都有不同的韵味。当然，下个设计我就不会重复此构想了，因为抄袭自己跟抄袭别人一样无聊。

10月6日　18：12

陈府设计6：陈家本来想安个佛堂，我建议以此幅观音图代替。这是我所见过最动人的青白瓷观音像，原作藏于法国巴黎的Guimet博物馆，是元朝作品，产于景德镇。实物才56厘米，放大之后，每个细节都耐人寻味。Guimet博物馆曾在1999年5月于台北历史博物馆举行过中国陶瓷特展，名为“如雪 · 如冰 · 如影”，此像即为其中之一。

10月6日　18：20

大悲心陀羅尼經

OLD ID

7　音乐与心律

听完令狐托夏男带来的礼物——柯恩新黑胶唱片*Old Ideas*，再放1966年的名电影《希腊左巴》的原声音乐带，追想柯恩在小岛上的生活。接着又想到首次和《生活月刊》同仁见面的情景，而此刻夏男和马岭正在台湾海边采访陈传兴，明后天又要忙“云门舞集”的别册。再过两天，我就要去广州的方所书店作场讲座，这一切都有缘分在牵线。

4月4日　16：13

Rainbow
Ali Akbar Khan
John Handy
Dr. L. Subramaniam

Haydn:Vioinkonzerte
Katrin Scholz · Kammerorchester Berlin
海頓小提琴協奏曲
WO8809301
reference
gold
Joseph Haydn
Vioinkonzerte Violin Concertos
Katrin Scholz
Kammerorchester Berlin
海頓小提琴協奏曲

回到家，喝杯咖啡配块蛋糕止饥，放上唱片打开微博。很累时，音乐极具精神按摩效果。J. Handy的萨克斯风、A. A. Khan的萨罗德琴、Dr. L. Subramaniam的小提琴、S. Kane的塔布拉琴、M. Johnson的坦普拉琴五重奏专辑*Rainbow*是我最喜爱的新爵士，印度古乐器与西方乐器搭配，东西融合，古今呼应，令我神往。多谢他们!

4月9日　17：11

夕阳直射入窗，淡水河和海面映出霞光，久别了，观音山！音响播着从沈阳淘回来的CD，是海顿的“小提琴协奏曲”。录音极佳，仿佛首次听到般令我惊艳。小提琴手Katrin Scholz也从未听说过，长江后浪推前浪啊！几年来，我特迷海顿，抄一段画家Silva的话结尾：“我之所以喜欢海顿的音乐，是它合我的心律。”夕阳落海，真合。

5月3日　18：12

好久没听到如此揪心肝的声音了，这是今午才买到的一张二手黑胶唱片，贴着“罕见”标签两倍价。不曾知悉的女声乐家Teresa Berganza唱了四首Basque民谣，真把人给撼动了。记得法国友人曾告诉我：“科西嘉人和巴斯克人天天闹独立，最凶悍的民族竟然也最会唱歌！”歌声勾起我在他乡的游历，朋友们别后可好?

5月5日　16：24

雨来了，淡水河随观音山遁走不见。换上Telemann中的《G大调中提琴协奏曲》，音与景共鸣。屋后靠山，再大的雨也见苍翠，有时水打树梢如打击乐章，时急时缓煞有节奏，此刻只微微发声，仅像排练。周四下午的时光对我而言最是浪漫，一人幽处山林放眼平川，聆听音乐、大自然的呼吸和自己内心的声音，这是何等的幸福!

5月10日　16：44

DECCA
Teresa Berganza
SPANISH & SONGS ITALIAN
PIANO ACCOMPANIMENT • FELIX LAVILLA

TREASURY
TELEMANN CONCERTOS
THE ACADEMY OF ST. MARTIN-IN-THE-FIELDS
NEVILLE MARRINER

刚被告知台湾版的《人与土地》《台北谣言》下周要第二次印刷，真是意外。才发行两周而已，这个好消息在周四下午得知，更是醉人。雨持续不断，音乐也是，此刻是Cat Stevens的*Sad Lisa*。初听此歌时我还未摄影，如今这位歌手已转为慈善家，我们在印尼大海啸募款晚会时还打了个照面，他在台上唱《破晓时分》，我在台下拍他。

5月10日　17：43

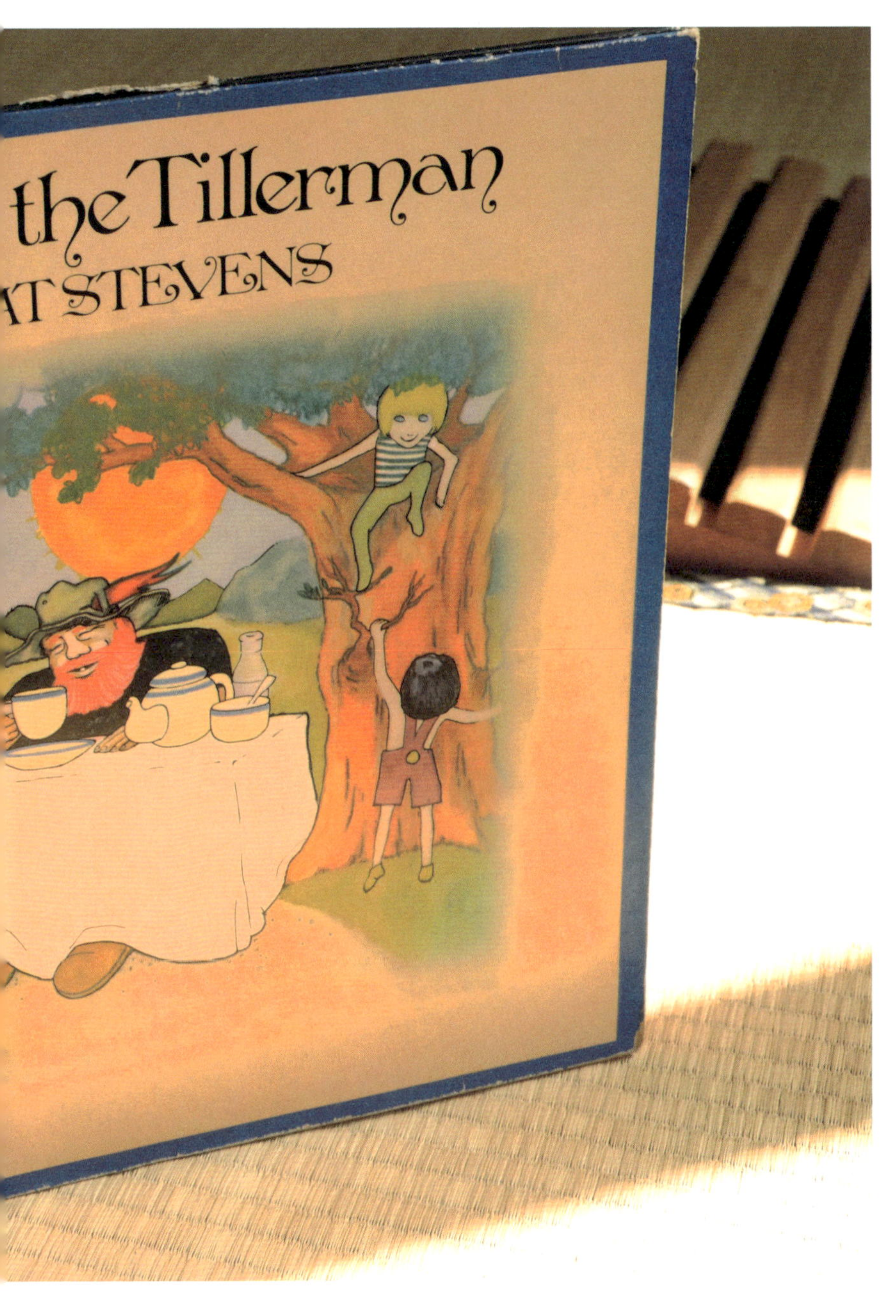

the Tillerman
AT STEVENS

正在扫地，屋外响起鸟叫，起先只是几声，顷刻后，山中及前林的鸟全被吵醒啼晨。我放下扫把，坐在窗前行文。能比鸟早起床的感觉真妙，夜色由深化浅，万籁由寂转鸣。而身同景在，心同音游的领会无言可喻。这时，绝对不能放CD或黑胶，只能倾听自然的大声无音。雨轻飘飘地落着，天弱微微地亮起，写完继续扫地了。

5月11日　05：31

碧潭水面一抹水雾，堤上美食街霓灯乍亮，驻唱歌手五音欠全。东岸和美山有LED闪烁，一会儿打成赤壁枫红，片刻又像荒山杂林。和内人结斋后于岸道徐徐行走，能过这样平淡的日子而品出滋味来真是福报。近家处，原本静默的太太突然展颜欢笑：能有今日，一切都要感恩你的促成。其实每个人的幸福全因他人，无他即无我。

5月16日　19：40

雨大到收伞间就能把人淋透，还好巴士上的乘客除我之外只有两位退休妇人。她们在前座互约何时到那间全台最棒的咖啡屋喝下午茶，言语间可知是高收入者，其中一人在美国，中国台湾、上海都有房子，飞来飞去。她的一句话“我可足足上了30年班，我喜欢做事但就是不爱家事”。令我为之可惜，不爱做家事的人无法真正爱家。

5月17日　12：11

雨停了，得以打开窗户让山风穿堂而过。刚看完由沈阳淘回来的DVD，关于南非女诗人Ingrid Jonker在种族隔离时的亲情、爱情与创作之间的纠缠。才女薄命，32岁投海自尽，曼德拉在全球瞩目的就职演说上朗诵其诗而使之成名。

5月17日　15：51

WINNAAR 3 GOUDEN KALVEREN
BESTE FILM. BESTE ACTRICE. BESTE MONTAGE
Carice van Houten Rutger Hauer Liam Cunningham
Black Butterflies
Black Butterflies 黑蝶漫舞
DVD

Sílvia Pérez Cruz
Ravid Goldschmidt
llama

海面天际竟然映出霞光，离日落尚早呢。空气干了，景物清爽，观音山巍峨，蝴蝶于窗前飞上飞下，这是音乐时光。葡萄牙女歌手Silvia Perez Cruz和Ravid Goldschmid以手拍打类似飞碟的自制乐器，还真合此刻。太阳由云缝露脸，女音退去，拍打声急促；女音再扬，拍打慢下。阴阳进退迎合。天放光日将尽，最美。

5月17日　16：48

一艘货轮由台北港驶出，晚霞成了它的航道，许是航向神州，是广州、上海还是大连？我才回来不久，又在想念大陆诸友了。这音乐挺长，不知名乐队Pcntatonic的作品，像是由两个锅盖相合奏出。此时叮叮咚咚，由急趋缓，仿佛催我该休息了。在最末的女音催眠声中止，曲终人未散，我还在想念这些日子对我鼓励有加的博友。

5月17日　17：28

DAS ALTE WERK
REFERENCE
Italieni
Violin
Alarius-

aten
lin Sonatas
e Brüssel
nstruments
ELEFUNKEN
jura

我爱吃地瓜，虽不易买到上品，但不好吃的用来观赏也值。将地瓜搁在水盘中，长出来的叶子生气蓬勃，直至瓜体养分失尽，尚能绿上数日。物命之耐及其延展性令人自叹不如，地瓜离土不知几周，遇水又活过来，而且替室内添了生机。我吃地瓜会用刀叉，以标准西餐礼仪进食，简单食物慎重待之，价值感完全提升。

5月21日　13：07

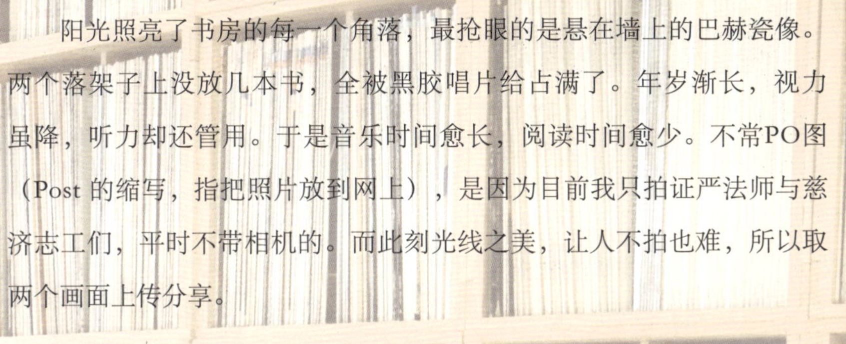

阳光照亮了书房的每一个角落，最抢眼的是悬在墙上的巴赫瓷像。两个落架子上没放几本书，全被黑胶唱片给占满了。年岁渐长，视力虽降，听力却还管用。于是音乐时间愈长，阅读时间愈少。不常PO图（Post 的缩写，指把照片放到网上），是因为目前我只拍证严法师与慈济志工们，平时不带相机的。而此刻光线之美，让人不拍也难，所以取两个画面上传分享。

5月23日　16：54

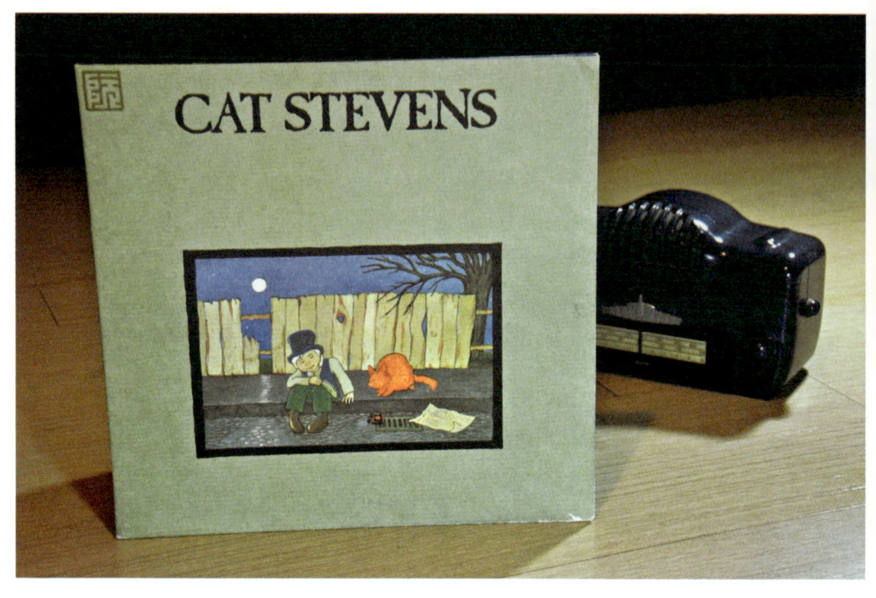

我的大部分黑胶唱片都曾放在山上潮湿的老家十年，结果发霉，差一点儿当垃圾扔掉，后来都亲手洗过吹干，封套擦净晒过，破损黏合，一一救活。为了这批收藏，我每天早起两个小时，站在暗房水槽旁，一天工作四五个小时，足足三个多月不曾间断，从此我又从CD回到LP世界。所以，收藏多少并非重点，而是收藏给了你什么生命启示。

5月24日　15：27

我省吃穿重视听，不好的书、电影、音乐立刻搁下，绝不多浪费时间心神；而粗食只要新鲜、布衣只要干净，天天重复不腻。我现在在“周胖子饺子馆”吃素蒸饺、小米粥及一碟小菜，美味之至。这小馆有半个世纪历史，打从初到台北就在西门町吃过，搬到新店，它也迁来，所卖食物、店内装潢如同当年，在此用餐如回到过去。

5月24日　12：45

DOUBLE

EBASTIAN BACH
TO / TRIPLE CONCERTO
ium Aureum
deutsche
harmonia
mundi
HM 20348

今天都在干粗活儿，拖书回家后开始擦地抹桌椅、洗床单被套，到顶楼阳台拉绳披晒，有时这也是一种调剂与放松。果真，事毕就写出了两则“南都”专栏。结束一天的工作，浇浇窗台的盆栽花草时，由卧房远眺北方，观音山竟清晰如同我在关渡山居所见。今日空气之透、光线之明，让我有如同时分身于台北盆地的南北两端。

5月29日　17：52

昨晚睡得可好，醒来即发生了轻微地震。碧潭及新店溪水混浊如泥，和前几天的清澈宛如两河。山上的土石已饱含水分了，希望暴雨别来。这个时代这个星球其实脆弱得很，平时的荣景在天灾人祸下顷时崩坍，拥有的一切瞬间化为乌有。有形的物说没就没，倒是无形的精神、情感仍会传递下去，影响一代又一代。

6月10日　05：33

有些音乐是要牵线才会接触的。三十多年前，一位如三毛般爱流浪的女子，带回一张Oregon的黑胶唱片*Out Of The Woods*，使周遭朋友都迷上。我现正在听这张专辑。三毛的文章我没读过，她没出道前差一点儿成为朋友的太太。那位朋友真迷人，台湾的几位才女都爱过他，可惜没留下好作品，而爱他的人也是。人生真如戏。

7月18日　19：51

Domenico Cimarosa（1749—1801）这位音乐家少有人注意，我是从一张法国音乐博物馆收藏的古乐器演奏选曲中得知此君的。在巴赫、拉摩之后，他的旋律最能紧攫我心，实是神品，于是我睁大眼睛到二手店找到他的《羽管键琴奏鸣曲32首》。特别的日子听罕见曲目，喝舍不得喝的茶，然后准备出门享用一餐美食。茶真是太好了！

7月20日　08：46

Giuseppe Tartini的小提琴与大提琴二重奏*Sonata No7En La Mineur*真是好听，缠绵悱恻到令人忘了盛夏只觉入秋。我已连听两遍，打算再听一回。关渡山居的音箱是360度的，音场特佳，仿佛那音场就在眼前。只觉小提手Pierre Amoyal、大提手Susan Moses就在家中为我演奏。阳光渐渐入屋了，再一个时辰渐至最美。

7月21日　15：12

Madeleine Peyroux的歌声令人陶醉，美国蓝调和法国香颂加在一起，成了21世纪的新爵士。我独自听音乐时，常有至喜之感，这正如悟道的境界。说到至喜，前几天看到的印度电影《阿卡巴大帝》中，有一段苏菲派的旋转舞及颂歌，那真是人与神沟通的仪式。入定有不同方法，游泳漫走也算，只要你忘了在干吗！

7月25日　20：11

双簧管、双小提琴、大提琴的四重奏以Ray Still、Itzhak Perlman、Pinchas Zukerman的组合最令人倾倒，这张EMI于1981年录制的黑胶唱片，真是难得的佳作。有莫扎特、史塔密兹、巴赫及万哈尔的罕见曲目，四位演奏家正是礼让、成就别人的典范。我爱三或四重奏曲，完全感受到缩小自己正是最好的存在的证明！

8月23日　18：34

有些音乐适合某种情境聆听，有些则任何心情皆宜，除了怒气上头之外。Alfredo Campoli拉小提琴、Daphne Ibbott弹钢琴所合奏的Pablo de Sarasate的“八首西班牙舞曲”正是喜时听能加喜，哀时听能疗伤，乐时听会随之起舞的好盘。很可惜，我只收藏了这一张Campoli黑胶，也许这是最佳之作，若有更好的，那就是天籁了！

8月24日　17：13

EMI
J.C.BACH · MOZART · STAMITZ · WANHAL
Oboen-Quartette
STILL
HARRELL
PERLMAN
ZUKERMAN

SARASATE
EIGHT SPANISH DANCES
NAVARRA
ALFREDO CAMPOLI

AMIN BRITTEN
MORPHOSES
ASY FOR OBOE
NG QUARTET
boe)
SUPRAPHON
gems

这是张有趣极了的唱片。简单的乐器加男高中低音、女高中低音混合而成的13人乐团，演唱16世纪民间曲调。到底是不是舞曲，我也没把握，只觉得充满了喜悦和幽默，让人也想手舞足蹈。封面的画妙透了，乐师不专心干活儿，却盯着维纳斯的裸身，而爱神只顾逗着她的宠物。此画可是鼎鼎大名的提香的杰作！

9月15日　16：46

钓鱼岛事件令人忧心，悲剧往往是在擦枪走火下造成的，而且会一错再错，终难弥补。正在听的这首舒伯特的“钢琴奏鸣曲”，情绪起伏极大，一阵苦恼、一声叹息，时而恐惧、时而激动，过一会儿又宁静平和下来。内心煎熬，激情与理性交战，唱片封面上“望雾的流浪者”，仿佛描绘了许多人的心境。画家是费里得里希。

9月16日　07：39

舒伯特曾是我的最爱，在多愁善感的年少时期，我整天放着《死与少女》，且反复听第二乐章。这首曲子有很多版本，到目前为止，这张唱片是我的最爱。乐团当然是主因，但封面画作也让我爱不释手。画家是Gerhard Noach，在“火红六月”的局部，少女仿佛陷入永恒的沉睡。每次播放，我都如同进入了她的梦境。

9月16日　09：20

收到《都市快报》的专访刊出，还附了《Lens视觉》杂志，谢谢！杭州人就是体贴，令我想再次造访。两篇文章都很好。有博友求我最爱的五十张唱片名单，说实在的，我还真狠不下心挑，要从一万多张收藏里选，难啊！请注意我的微博，上传的都是我的所爱，会陆续与博友分享。若要从众多的Keith Jarrett唱片中选一张，这就是！

9月17日　17：54

ludwig
van
beethoven
String Quartet
in E flat major,
Op. 127
Große Fuge
in B flat major,
Op. 133
Smetana Quartet

DECCA
Mozart
Piano Concerto No. 8 in C, K.246
Piano Concerto No. 9 in E Flat
K.271
Rondo in A, K.386
ASHKENAZY
LONDON SYMPHONY
KERTESZ

不敢看电视，又想知道钓鱼岛的情况。心思不宁，唯有找几张黑胶唱片来拍一拍，转移注意力。这张唱片封面仅注明版权拥有者ARTIA，不知是谁的画作，但笔触愈看愈像达·芬奇。妇人神似年轻时的“蒙娜丽莎”，脸上浮着将为人母的慈爱，右手捧的花儿绽放，左手拈着的那一枝却即将枯萎，似乎等待着她的气息将之唤醒。

9月18日　10：48

累极时，莫扎特的音乐总是可以去劳解忧。找出这张发霉、洗过的黑胶唱片，淡紫色的霉斑已渗入封套纤维里，使这幅仕女画更增雅趣。1966年的录音，钢琴家Ashkenazy、指挥家Kertesz虽然都正值壮年，但诠释手法却相当收敛，只想把音乐所有细腻之处都关照到，不求突显个人造诣，这样反而更放得开，且最耐听。

9月29日　11：37

早晨的两杯咖啡之间，以茶定神。贝多芬的《第六交响曲》被改编成钢琴独奏的首度录音，如秋阳射入书房，又如潺潺溪水流奔窗外。这张1982年发行的黑胶唱片，当年可是轰动一时。然而，因成功而顺势于次年推出的《第九交响曲》改编就失败了，我始终没耐心将之听完。有些事是不能硬干的，知行与知而不行，同样重要。

10月2日　11：31

甜如蜜的音乐就如巧克力，有时令人想吃极了，这张CD中的15首钢琴独奏小品便是。昨天又买了一张。两年前，一位大陆友人来关渡山居晚餐，听着这张专辑，一时百感交集落泪，离开时我便以之相赠。这是我听过最传真的钢琴录音，尤其用RogersLS3/5小音箱播放，简直如同摸到史坦威琴。远方的友人，你也在听吗?

10月3日　16：24

SILFRA
HILARY HAHN & HAUSCHKA

曾在微博提过这张新出的黑胶唱片。此刻重听并大致读了简介：位于冰岛的Silfra是北美与欧亚板块间的一条海沟，有着世界其他任何地方所没有的蓝与绿。知道这个背景，就完全能理解Hilary Hahn的小提琴与Hauschka的钢琴对话。夕阳射入我的书房，我把唱片封套与小盆栽摆在地板的光与影之间，这不也是对话！

10月7日　16：25

8　蔬菜素心

内人早晨从农家买回现摘的丝瓜、胡瓜，想中午就吃掉，因此没放入冰箱，直接往餐桌上的竹托盘一摆。瓜果混置，竟产生了意想不到的妙趣。一长一胖的两瓜与酪梨、猕猴桃、桂圆、香蕉、苹果为伍，倒成了视觉焦点。配色构图皆不合美术常规，却既古怪又好看。这样的把戏，只有不按牌理出牌的内人搞得出来！

7月28日　09：55

真没想到丈母娘的菲佣珍妮包的水饺已得北方人真传，皮擀得薄而Q，高丽菜、粉丝、豆干之馅美味极了。内人下锅前，我勉为其难说认了，心想：外国人哪能做中国菜。珍妮侍候丈母娘已9年，主仆如亲人，看来已学了一手好厨艺，回国足以开家中餐馆。祝福她。所爱的三六九小吃之雪菜水饺虽已歇业，现有了替代。

8月2日　18：50

内人在厨房准备午餐食材，突然跑来叫我，说番茄好漂亮，赶快来看！果然，流理台的刀架旁，阳光跟影子的图案烘托，使这两只便宜蔬果如艺术品般令人惊艳。那么饱满、成熟，颜色好像要流出来一样。最好的艺术品也难达到的境界，大自然轻易就显示出来了。内人中午要做番茄四季豆意大利面，可惜我吃不到。

8月28日　13：11

菲佣珍妮做的鲜笋毛豆烤麸完全得到丈母娘的真传，装得满满的一盒便当，被我们一家三口吃得精光。晚餐主食是内人下的杂菜面，也吃到见锅底。美食不必多金、丰盛，过量容易腻，略微不足才叫人回味再三。把食材本味发挥到极致就是美食，地瓜蒸得刚好，白煮蛋熟到还软，粥熬至不稠不稀，皆是佳肴。

8月7日　19：36

今日晚餐极简。内人把冰箱的一碗剩饭用洋葱、蒜苗和鸡蛋炒一炒，加味噌、黑胡椒调味，最后撒上一小把生菜。上桌时，我说先拍个照，好吃就发微博，不好吃就算了，要诚实。结果很可口。没有汤，喝白开水，芭蕉香甜。厨房小餐桌是我们一家三口最常共聚之处，桌面是西洋棋盘，我们虽不会下棋，但爱它好看。

9月15日　19：20

收到《时代周报》的催稿信息，赶紧赶回新店家挑照片。下午茶时间，本来咖啡要配绿豆黄，却被内人拦下，要我尝尝她试做的面包布丁。土司皮加鲜奶、鸡蛋、香草精、肉桂粉、葡萄干烤，然后冰镇，淋蜂蜜。看起来有专业烘焙的卖相，味道也还不错。她很满意解决了不爱吃的面包皮，说下回要做放洋葱、蘑菇的咸布丁。

9月17日　15：34

内人说，你中午吃面，晚上就吃饭吧！端上桌的是南瓜、土豆、红萝卜和青椒咖喱饭，蒜苗花提味。味道不错。吃素的好处就是碗盘特别好洗。文旦是我两天前晨走时买的，那是在一辆小卡车流动水果摊，在那儿买从没失望过。文旦上贴有“40年老树”小标签，果真汁多肉细，甘美极了！再见到肯定要多买几个，以候中秋。

9月17日　18：53

我们家的早餐很丰盛，现煮豆浆必备，土司、可颂、贝果和乡村面包换着吃，有时蒸馒头。通常还会有一杯综合果汁，今天还没上桌就喝掉了，所以不在画面中。酪梨番茄沙拉容易做，加盐、胡椒、橄榄油、罗勒就行。不同食物拼在一块，真是幅美丽的图画。内人说，我若是把她的料理拍得好看，她就会做得更来劲。

9月19日　09：03

刻意少吃，所以晚餐就只从冰箱取出两粒百香果、一小块西班牙烘蛋。这又是内人的杰作，洋葱垫底，铺土豆、蘑菇片和碎蒜苗，蛋汁淹过馅料，190摄氏度烤到焦黄，翻面装盘，很漂亮。冷的也很好吃。学校开学了，内人明天将与我同上关渡山居，做顿好饭，晚上与老友夫妇共享。我又有照片可拍了。请博友们期待。

9月19日　18：17

回到新店，补发关渡山居照片（1）：前天晚上请老友夫妇来共进晚餐，摆餐具向来由我负责，对我来说，这乐趣可大了。

9月22日　14：31

补发关渡山居照片（2）：玉米饼蘸莎莎酱开胃（番茄、洋葱、蒜头、芫荽、盐、胡椒一起打碎）；香烤节瓜番茄（撒黑胡椒和盐，淋橄榄油，190摄氏度烤15~20分钟）；蘑菇乳酪盅（第一次做，不成功，所以没拍）。一整个大圆乡村面包都吃光了，吃不下别的，因此跳过意大利面，吃文旦。柚子皮被老友带回家泡脚。

9月22日　15：07

补发关渡山居照片（3）：昨天上课很累，还好有可口的晚餐让我恢复元气。这是内人前晚本来要做的意大利面，再加一道西兰花菜浓汤，美味极了。老友这次没吃到，亏大了！

9月22日　15：16

补发关渡山居照片（4）：我自己一个人在这儿吃早餐，通常只是一杯牛奶，两片土司，但也觉得满足。内人若是在，那可就丰盛了，像今天，还有煎蛋、生菜、洋葱炒土豆、鲜苹果。

9月22日　15：28

社区地下室就是大润发超市，我们家吃的用的穿的大多是卖场平价品，但用心烹饪就可享受贵族水平。我们饮食并不完全西化，冰箱有什么就做什么，倒是请朋友来家小聚，内人喜欢做西餐，气氛有助谈心。大卖场的烘焙师傅是换班调制，逢上贝果、可颂品质特别好，我们就常吃。最近的全麦土司超棒，一整条才台币49元。

9月23日　08：27

般若

面景·观心

北飞的鸟比昨天更多，最自由的物种该是飞禽吧，但也有人如此说过：『天空囚住了它们。』

9 单纯不难

凌晨被急下的大雨声叫醒就再也睡不熟，此刻宁静的四周只闻蛙鸣。坐在大树根一体成形的木椅上，想着今天要上的课。这个面山见河望海的位置是我的静思空间，心和眼借此聚焦一处，则思想始能四方云游。大地肯定浸足了水汽，细心聆听能知土壤正在吐纳，我要出门与之一同呼吸，把最近奔波所积的垢气洗涤一番，走。

5月4日　04：56

晨走若带相机就会分心，我走路用心观察、体会，事后再用文字捕捉画面，这是自我训练：先写成微博，日后再找机会将一篇篇微博拍成照片，这不也是另类的观念摄影吗？但也是真实重现的记录。我做事一定会想尽办法找出乐趣所在，写微博也是。如此，再老套的事都可能发掘出新的意义来。所以，等微博出书吧！

6月14日　08：42

几位博友甚知我意，用心摄录事物之美，用文字传达世间真情，用相机见证人性之善，都是佳事。目前我只在随证严法师行脚及慈济志工活动时才带相机，其余时间都用眼睛拍照，用文字显像，用微博分享。我立愿以十年勤笔耕，再十年重拾画笔。所以，请随我的文字一起去看风景。此刻维瓦弟的鲁特琴正响起，听见没？

6月14日　10：55

为灾情操心，昨夜和今早胃口欠佳，只吃了一个馒头、一把花生，喝了一杯牛奶，直到学校午餐才吃了点饭菜。@海豚阿渔的微博让我深受感动，能一口气读完《人与土地》并落泪，这是对我的肯定。台北有媒体访问我：在不在意评论家的意见？我说：把我捧上天或贬下地都不会使我多一分少一寸，我只在意作品能不能打动人！

6月15日　12：18

正在听亚美尼亚的SHARKAN，这是圣咏和民间曲调的结合，又悲又美得令人心碎之后又复原，如同灵魂被洗涤了。我对《交会的场所》这本得过毛姆奖的游记的不满之处，乃全书没对音乐着墨。不透过音乐，如何进入异族人的心灵深处呢？我会想方设法造访亚美尼亚，正是为了音乐。

6月27日　19：47

博友见一神似我的人在北京公交车上，使我想起有一回犹如见到另一个自己、吃惊不已的经验。直到现在我还觉得那是场梦。有时异地、陌生人会有似曾相识之感，这难道不是前世留痕吗？我在一本从素食角度谈生活智慧的书中读过一句话，大意是：教育无非是找回前世的经验。我的亚美尼亚之旅令我如同回到前世。

6月28日　04：49

戴顶大圆帽、一副墨镜在烈日下走三小时，试试自己能撑多久，直至脚板痛了。出门只为拍张东区照片，要和25年前的旧作对照台北的变化。光线太亮效果不佳，看来最近都是同样的天气。倒是一景令我震撼，一女子伫立窗前久久，我以为她在读什么广告词，走近才发现她正用手机拍一张童画，忽然画上的蝴蝶飞走了，哇！

7月17日　15：16

《深圳商报》“读人 · 读景”专栏里与发微博上的照片，都是我用数码相机拍的，即时传图方便。但我也随时备有胶卷相机，拍需要慢慢来的东西，毕竟，拍照片是无法割舍的享受。昨晚，狮仔头山上的云特别有意思，谁都会想拍一下。数码相机的长处就是，ISO调到3200仍可在阴暗中捕捉到饱满色彩，这是传统相机办不到的。

8月19日　10：39

晨走时天未全亮，半边乌云半边晴，走着走着竟入雨中。躲在桥下树下数回，雨一会儿下一会儿收，太阳出山彩虹跟着扬起，天秤及布拉万两个台风逼近，天象也乱了。碧潭水仍未清澈又要混浊了，左岸的步道、右岸的河滨公园才清完苏拉台风留下的垃圾，又得遭受摧残了。怎么灾难如此之密呢？问天？问人？问谁？问自己！

8月22日　08：18

听着16世纪欧洲宫廷及民间舞曲。那个年代跳舞极讲究仪式性，是礼节的体现；而今，跳舞是想逃脱束缚，让身体自由。说到舞蹈，碧娜·鲍许曾说：“要跳舞好看容易，要走路好看最难。”是的，谁的走姿能叫人看得入神？我只见过证严法师。师父的一举一动既庄严又优雅。身为随师摄影人要把完美如实呈现，真难。

8月22日　16：11

好美的乌云及远方尽量坚持发出微光的晚霞！灯火早就亮起，但天还是不肯暗，就要入夜，白天明日再来吧！观音山又像画家席德进的笔触了，席是林风眠的学生，他可能是最早提笔写到常玉之人。他的散文好极了，我19岁高中毕业以插画闯进台湾艺文界而认识他，与之相交十年后，他就离开了人间。大师您投胎何处?

8月25日　18：56

昨天三餐都以地瓜果腹，从关渡吃到新店，这是记忆中最省的一日了。不是没有口欲，而是太专注写稿。有博友说我清心寡欲，不敢当，我一直认为自己易受拥有欲控制，所以就格外注意，以防心思被牵引。换句话说：先认输，就不会想赢，那也就不贸然赌一把了。由于我自认脆弱，不与人比硬，因此不易受伤。

8月27日　05：51

回复@-刘永兴-：苦或甘有时是同一件事。事实上，我刚起步时，也没人把我当回事儿。可我根本不在乎这些，我只相信，做任何一件事都要倾全力把它做到尽可能的好，要不然就别做。当你使出全力时，就是最大的享受，也必定会有人欣赏。如果总在意人家的肯定，就会处处分心。没经过苦的甘，不是真正的甘。

9月12日　10：31

落日破云而出，和我直面，是听到无助者的祈祷吗？光、希望、信念、良心，人人需要的啊！不管任何地域、任何种族、任何宗教的子民，体内的血都是红而温热的。是什么令我们猜疑、敌视、报仇？是什么令我们咽不下这口气犯下大错，悔恨终生。想一想最贴己的人，最平凡的事，真理在凡人凡事上。日落。

9月16日　17：48

一日之隔气温降了，不知群众的激情退了没？醒来见床前的钟是三点半，以为没睡够，而客厅的已是五点。鸡啼虽远但清晰入耳，夜色渐退山形浮现；鸟又在眼前飞，人又在爱恨情仇。在这个是非难分、善恶不明、价值混淆的年代中，唯有坚守本分，尽好义务，才不会迷失。人人都要反思自己，而不能只会质问别人。

9月17日　05：56

晨走回来，社区警卫说：“看你健步如飞，多大岁数了？”当他知道我的年龄后吓了一跳：“还以为你只有五十出头！”我走起路来小伙子未必赶得上，这是常年规律生活练出来的。其实每次上地铁，温差一大就呵欠连连，要是遇上了肯定不会夸我。我小时候的作文很差，因为不善形容词，白话到底，没想到老来被叫文艺腔!

9月17日　08：45

偶尔喝杯胶囊咖啡还真觉得不赖，对不能自己烘豆的人最是上策，因为咖啡真空包装极新鲜，又有各种口味能选。内人在赶稿，所以我就避居山林以免打扰她。我听音乐喜大音量，如现场演奏，常会吵到她。我的微博如同公开的日记，要是记在本子上也是这么写的，我要求自己言行一致，里外如一，所以没有什么好藏的。

9月17日　10：19

关渡山居正是一处更胜音乐厅的空间，开窗可聆听大自然天籁，闭门可播放古今中外名曲，一点儿也不会吵到别人。前提是：必须孤独一人。没固定看我微博的人有时会不知我在说啥？我说过2020年70岁时，要重新编辑出版摄影全集，因为马上就满63岁了。有博友说：还要那么久！有的说：不知有无2020？不久，肯定有！

9月17日　10：38

言行一致，里外如一，看似极难，但对单纯的人来说，还真不难。人，本是单纯无比的，但外在环境使之复杂，而且心思容易不正，因为处处替自己的贪、嗔、痴、慢、疑找借口，所以诚实面对自己是必要的。我不敢说完全做到了，但时时警惕自己，并且坚持用单纯的心念去待人处事。外界够乱了，我要守住初心。

9月17日　11：01

好友黄春明的“百果树红砖屋”请柬迟到，虽错过开幕茶会，但今天是正式营业日。赶出两则专栏稿子后，匆匆出门往宜兰赶。黄兄是台湾最重要的小说家之一，我的《摄影美学七问》就有与他的对话。近年来，他返乡创办儿童剧团及文学刊物《九弯十八拐》，择“9 · 18”开张正是此意。历史是要我们记取教训，忘掉仇恨。

9月18日　13：25

“百果树红砖屋”原是宜兰火车站前的米谷检查所，由县政府整修成咖啡屋兼小型展演空间，由黄春明承包经营。大作家当起了服务生，不过，任何事由他做，都会很不一样。黄春明是兰阳名人，粉丝极多，今天来的九成是半百妇女，全是有消费实力的。此地极可能成为新的文化地标，每周都有文艺活动，宜兰人有福了。

9月18日　15：12

作家黄春明在他的杰作“百果树”前，这是他用绳子缠木架做成的大树，垂下来的水果都是纸糊的，立在红砖屋正中央。他刚替一桌客人送完咖啡，回吧台时被我喊住留影。我已经感觉到，这里会是市民喜欢来的地方，咖啡便宜，并且附送宜兰名产米糕。学生也消费得起，更别提那些有闲有钱、爱好风雅的太太了。

9月18日　18：37

10　回到人间

回复：有博友说本想看看我对摄影的见解，没想到我整天都在生活秀。我的摄影是来自对生活的体会，没有仔细观看，没有深刻感受，谈何表现？拍照并非只是按快门的动作，而是一种把自己内心的触动与别人分享的具象呈现。生活中有太多事物都让我有所启发，若觉得我是在天天生活秀的博友，那我们还真是无缘。

9月19日　13：09

回复@泥巴z：会觉得现实没意思，一切都无意义，这是很多年轻人的通病。在电脑的虚拟世界里太久，以致失去和别人沟通的能力。现实世界里，充满考验及挫败的经验，但你不能回避，反而要面对并取得教训，如此你便会越来越乐观，反之就越悲观。不要沉溺在自己的观念里；关心别人，认真生活，天地就变大！

9月20日　06：22

认真生活的意思是：少空想多实做。亲身经历得到的领悟是智慧，从字面上读到的道理只是知识。上网可以知天下事与天下人交流，但这不是真正的人生历练，没有温度没有触感。年轻人，现实世界虽处处难行，却有路可走，电脑世界无边无际，却令你天天面壁，所以要利用电脑使现实之路更好走。回到人间吧！

9月20日　08：03

选修摄影课的学生比往年又多了，大学部限美术系修，研究生却以舞蹈硕士班来得最多，竟有20位。到底怎么一回事，慢慢便知。第一堂课便是《乡村照相馆》。放完亮灯，好多女学生都在擦泪，真是好教材。昨晚宴请好友夫妇，才几月不见，老友竟拄着拐杖举步辛苦，原来上次别后他已住院两回。至诚祈祷他早日康复！

9月21日　18：43

前晚的聚会，朋友说外头的叫声是蟋蟀，这倒使我细听虫鸣鸟啼了。此刻蛙声最响，遍及各处，至于那细微的各种生灵的存在证明，可难区别。昨天晚餐过后便休息了，睡得极熟醒得特早，一周最累的就数周五，五堂课站到底，一刻也不得松懈，不累才怪。教到65岁就退了吧，还真没想到竟然在讲台上站了30年以上！

9月22日　05：06

无风，由上落下的竹叶如黑色雪花，令我又惊又喜，太奇特的景象了。细听，竹丛中有一动物机灵挪身，原来是我吵到它了。而在淡水河岸的红树林旁，一位年轻病妇推着点滴支架，慢走复健。这儿离竹围的医院很远，是多么想要离开病床回到生活轨道的小市民啊。生命是何等脆弱又无比坚韧，人间因有这样的人而亮丽。

9月22日　08：14

有位博友说常看到好画面，迟迟不敢下手，呆呆看它流逝。摄影必须是感动的那瞬间，就是创作的同步，一点儿也不能因犹疑而有差池，所以自己的心理障碍要先克服。这是需要练习的，也许头几次会被白日或拒绝，等等，但善意的解释多半管用。最重要的是预见下一刻，而非注视当下。通常事情一发生再拍都不够好！

9月23日　08：59

回复博友：现在的相机都很好，连手机都达到专业品质。各种器材都有所长及所短，重点是看你想要表现什么？想达到何种效果而定。若要表现生活经验中的恍惚感受，画素不够好的机器，可能正是恰恰好的工具。所以，别一味追求器材，而是善用器材。拿正在用的相机拍出佳作再说，之后，你自然会知道该不该升级。

9月23日　09：29

看着天色由夜转昼，更能体会光的神圣，它不只照明，还唤醒万物。鸡先鸣，狗在吠，鸟又啼；山形见，云朵飘，河水流。每天都像同一天，又都是截然不同的另一天。不变的是天地运转，变的是世事无常。月亮仍高挂天际，依旧银光闪闪，仿佛在声明：夜只是暂避一方。今天自由，要做些什么？在变与不变之间。

10月3日　06：14

刚吃完早餐，一只地瓜、两片土司、一杯豆浆和一个水蜜桃，那可是简单却又丰肴。尤其是一摆在窗旁的餐桌上，食物的形与色，外面映进来的光与影，令我未进食就饱眼福。我当然是拍了照，回新店家再补传。我仍是下山沿淡水河绕道校园上山晨走，依照惯例过，本来拿不定的主意就定了。这也算是在无常中禅定的方法吧！

10月3日　09：41

赶在光线最美之时来到关渡山居，户外和室内因夕照而贯穿，我也如透明人一般，随光和空气进出里外。思考之深，想象之远，都不及真正的放松、放下、放空来得有用。此刻所看、所听、所闻都是清净无染；什么都真，什么都善，什么都美。而为何有时会看到人事物的负面呢？那是因为自己的心不干净，映成了黑暗。

10月4日　16：57

11　让大地养息

数辆消防车鸣着警铃呼啸而过，又有地方出事了。昨天早上担心的暴雨，在南台湾下了，不少地方发生了灾情。开发过度破坏水土，久不雨则旱，一下雨就泥石流，这是当年我走过、拍过，深爱的山村命运。该让大地养息了，不能再与河争地、砍林为园，借发展观光产业之名滥盖违建了。须知我们所透支的地球资源，子孙是要还的！

6月11日　04：55

醒来窗外一片白茫，台湾北部也陷在暴雨之中。大小灾情已从各县市传出，电视上播放的泥石流断桥毁屋画面，大多是我拍过且正在写的《失落的优雅》的各村落。老天，请别发威了！人啊，该觉醒了！官员啊，别再吵了！该收敛不断膨胀的自我意识，把“我”化为“我们”，互信互助、共渡难关、敬天爱地了！

6月12日　06：26

由书房望出，两栋大楼间距当中就像一长幅的现代山水画，天与山被雨濛化了，高速公路上疾行的车辆都打亮头灯，平时潺潺的溪水此刻湍急汹涌。河面已淹过钓鱼客守杆之处，而晨走的步道恐也有大半已被泡在水中。昨天宛如乐土的河滨今天凶相尽露，无常啊无常。雨像万箭射向大地，惊心动魄。祈祷山上村民能躲过此劫。

6月12日　11：25

碧潭又混浊了，上游深山处仍有间歇性暴雨，河滨步道并没被淹，可见近年来疏浚见效。除了要让山林养息，台湾各县镇真的要在疏浚处下工夫。新店溪大河堤的一面墙被贴成壁画，非常有创意，只不过是把从对岸拍的沿河景观影像输入电脑，让照片成马赛克状，以同色小瓷砖拼贴即是。内容与形式绝配，真妙！

6月14日　07：39

雨虽不停却也不急了。天灾令人思索：为何山林脆弱、气候不调、人心浮躁、社会欠安？其实一切始于人心之贪，想满足无止境的欲望。我们拼命制造商品刺激消费，快速消耗各种能源，浪费粮食，然后加剧开发。当天地受伤，人也必定遭殃。多吃素食是降低地球折旧率的最佳方案，不只有益健康，也是人类的前途所系。

6月14日　14：43

全省各处的灾情接连不断，令我无心晨走也无兴写景。醒来已两个多小时了，啥事也没干。又有个台风渐近，叫人怎能宽心！为灾民服务的慈济志工们有得忙了，而我必须守在岗位上。今天上完课，就得赶夜车到花莲，明天是慈济中小学毕业典礼，之后就是20天的随师行。祈祷台风减弱转向不要再下暴雨了，大地需要疗伤。

6月15日　06：18

随证严法师行脚才两天，感觉像有一周之久。因为整天行程中全无空当，如同过秒关。再有效率的人遇上师父都只有臣服。还好，随师众安单处就在慈济关渡园区，离山居不远，每天步行穿越校园，上山50分钟，下山40分钟，既可休息，又能运动。天色渐亮，我得准备下山，六点早斋是整时打板的，随师时我是小弟子。

6月18日　04：56

谷超台风虽不来，泰利台风却近，而两台风相吸效应可能带来的暴雨，却令人操心。凶象往往有诡异之美，此刻观音山上的乌云，将暗之前的微弱霞光，不肯黑去的天，已大亮的灯火，各自矛盾又彼此妥协，仿佛在暗示着什么。上天总会显示预兆，人人各有解读。古有谚言：“人若不依天理，天就不照甲子。”人要顺天！

6月18日　19：25

在我面前有七位南非祖鲁族黑人，他们是这次来中国台湾的33国慈济志工干部的成员，正在与证严法师分享受训感想。慈济在1992年曾在南非救济，使当地土著自立而成为志工去帮助更需要的人。如今南非已有五千多名志工，而这七位干部开始跨国去史瓦济兰、津巴布韦济贫。证严法师赞叹他们是世上最有爱心、最富足之人。

6月20日　05：10

尽管再忙，也会挤出半个小时来出神，就像画布的留白，音乐的休止。这时连血液流过指尖也能感觉得到。喝了咖啡，等时间一到就出门，本以为会风雨交加的，没料到一切静悄悄，希望气象局预报的1500毫米的最大降雨量，不会降在陆地上而落在海中。观音山从云中露脸，我也要出门了，今天下山的一步步都是祈祷。

6月20日　09：05

泰利台风已走，预估的最大雨量只降了一半，台南虽有小灾，台北却几乎无感，幸哉。随师已六天，每天访客不断。此刻有两位海地志工向证严法师请法，师言："你们回去是要将善的种子播种在充满仇恨的土地上，而非改变原来的信仰。"

6月21日　08：30

从窗前掠过的鸟都是由南往北飞，不知是季节之故，抑或其他原因？此刻那不知名的白鸟，三五成群的、落单的，皆匆匆振翼急急奔去，仿佛有主下令。大自然的磁场使万物互相牵引，彼此依赖。天空一抹彩虹浮现随即又褪，提醒我该出门了。今天的随师行程是在新店的慈济医院，大家在欢度端午节时，慈济人却在忙着助人。

6月23日　05：15

八点半到了新店慈济医院，证严法师为“周边心管中心”主持启用仪式后，一直在听取各科医师的医疗报告。一百多位与会者用过便当午餐后，继续会议至此刻，师父每一秒都聚精会神聆听，并不时做笔记。有位年轻医师言：“以前并不清楚何谓医疗人文，现在明白了。若能从病人的感受去处理问题，这样的医疗就有人文。”

6月23日　14：37

北飞的鸟比昨天更多，最自由的物种该是飞禽吧，但也有人如此说过：“天空囚住了它们。”自由的定义为何？心甘情愿，事事处处都自由；反之，有一丝无奈，就是枷锁上身。心态最重要了，心念一转，天地变大。对别人关心，心门就开；付出无所求，最是自由。我爱写景，因为自然是本大书，读它才能懂道理。

6月24日　05：08

我爱写景也爱拍人，但面对景色我总是举不起相机，偶尔拍成照片，多半泄气。大自然的壮阔摄成影像，气势全失。而拍人物，我总能将之表达得更有气质、深度。大自然是完美的存在，人只会破坏它而无法给它加分；虽然人是充满缺点的，但要为之加分却大有办法。拍风景令我技穷知不足，拍人让我用心观察别人胜我之处。

6月24日　14：20

营建志工正在向证严法师报告慈济替泰国清迈、缅甸仰光兴建的学校的启用典礼。看着这些穷孩子穿着亮丽的制服，一脸灿烂的笑容在庄严大度的校舍上课，真令人动容。募来的善款要用对地方，不仅能救济穷人、受灾者现况，也将会改变一个地区好几代人的未来。这些孩子的善念被启发，长大后有能力也会去助人。

6月25日　07：46

被闹钟叫醒还赖床片刻，是真累了。能够面景观心，真是福气。万物皆是镜子，能映出当下心境：浮躁时，秩序和美是看不见的，心若静寂人便清澄。有人说，“自然存在着道德准则”并非过言。心要静的第一步就是去贪，贪念一起就生嗔，看什么都走样，做什么都有偏差。万物各得其所，才能共存。这是观景第一心得。

6月26日　05：11

又穿过校园走回山居，我可能是全校最熟小径的人吧。也许只有园丁比我熟。不开车超过17年，已把走路视为享受。开车的人无法真正认识社区，走路才能天天有新发现。我上课如此告诉学生：“艺术创作之路，若有几条可供选择，奉劝大家挑最长的那条走，因为过程最重要，走得越久体会越多。”

6月26日　19：50

越来越多的人当面说喜欢我的微博，原以为只是在空中与远方的某人对话，如此一来便具体多了。看来台湾上线者日众。随师行程因台风被打乱，今明两天仍在台北，从未在关渡连住这么多天，虽是收获但也让我想念新店溪畔。后天便要南行，这次将会环岛一周。在每一处慈济分会，我都有一条漫步道。处处有情处处家。

6月27日　06：58

八点从关渡出发，证严法师已巡视双和、汐止和内湖三处慈济园区。天气炎热，甚是累人，但师父对做资源分类的环保志工、缝制救灾毛毯的巧艺志工一一亲自感恩。这些志工年纪最大的有90岁，还有正在化疗的癌症患者，但没有人觉得该养老、养病，他们把生命的价值作极致的发挥：保护地球，帮助世界各个角落的受难者。

6月27日　14：11

一位旧识的博友说我加入慈济后改变了很多。他一直还停留在《人间杂志》时对我的印象。是的，我的创作和人生观都以“9 · 21大地震”为分水岭。灾难使我反省艺术在养育我的土地受创时，能发挥什么作用。这使我义卖《告别20世纪》展览作品去赈灾，也让我看到慈济志工们为灾民的付出。因此发愿记录慈济援建的50所学校。感恩。

6月28日　06：36

就在拉开窗帘时脱口说出：“我要看我的阳光。”明天便要南行，提早回山居想看看光线最美的半个时辰。涨潮，淡水河盈满，像明镜般将霞光加倍放亮，南方的云飘向落日方向，如同入夜前的巡礼。观音山后远处一架飞机斜斜升空，应是去祖国大陆或哪国的城市。坐在窗前已有一阵子了，才看到只鸟单飞，是否在寻伴?

6月28日　18：10

车队往南起程，随证严法师行脚十天感觉长如近月，经历事情太多之故。从八里眺望关渡山居，回想这些日子在面窗木椅上发了不少微博，也得到不少回应。有人问我快不快乐？其实越想追求快乐就会越不快乐，求而不得更难得。让别人欢喜自己才能真正快乐，所以说快乐是付出才能获得，就像爱和力量，不付出等于没有！

6月29日　08：22

证严法师在桃园和新竹慈济园区向志工们开示后赶至台中分会时，已过了晚上六点。用过晚斋，我立刻到市民广场走了十圈，这是我在此的漫步道。此刻我既孤独也最充实，肉身和心灵对话，呼吸和步履合拍。我做任何事都试着找到乐趣，这样便可把事做到最好，因此就会有成就感，就会快乐的付出，就不会觉得孤独！

6月29日　20：31

在通铺床位盘坐面壁，有些师兄去做早课礼佛，有些尚在梦中。寮房安单有20人，黑暗中唯手上的iPad亮如灯。若光是浸沐于心中而不付之于行的人，容易孤独；心有感动而久久闷住的人，迟早成疾，所以将感动化为行动，人就犹如重生。行善不能光说，宽恕也不能只是口号。言行合一，人格才能成。师言：人格成，佛格成。

6月30日　04：55

从八点整抵达潭子慈济医院，证严法师已听取医疗简报近8小时，一位加入才两个月的护理人员说："本以为慈济人把辛苦说成幸福是自我催眠，如今方明白辛苦有付出，才会受到肯定，这是真幸福。"最后，师父开示："慈济医疗志业的宗旨是守护生命，守护健康，守护爱。这不是口号，而是我们全心全力的付出。"

6月30日　15：50

有博友说从博文见我有无穷智慧，真不敢当。我还差远了，我只不过是尽量保持单纯心念、好奇心，时时提醒要反观自省而已。以前的我的确容易自满，目空一切。但在慈济大家庭里，很多人都比我强多了。慈济人中有各领域的精英，也有目不识丁的庶民，但所有人都被证严法师启发善念，行菩萨道。人人皆是吾师也。

7月3日　16：31

想家了，碧潭水面的山风，关渡山居的夕照，黑胶唱片音乐，阮家咖啡配绿豆黄，祖国大陆寄来的报刊，太阳晒过的床单被套，每天自煮的豆浆和现打的综合果汁，一家三口在厨房小桌的共餐。是累了，晚饭后的漫步只走一半。随师行走已20天，记得以前的旅行经验，20天正是分界线，之前天天是享受，之后一半在思乡。

7月4日　20：29

知道有人从我的博文得到温暖安定，真是欣慰。被需要的人最有福，该感恩的是我。我一直到iPad出现才用电脑，因为《人与土地》出版时被出版社要求开微博。任何事都有正反两面，对错全在人心，要不偏差出现就唯有用同理心去待人处事了；想着别人的感受待人，考虑子孙的后果做事。我能用微博分享人生体会，真好。

7月5日　07：00

南部太阳真烈，几分钟就能把人晒痛。刚从佳里镇一所旧工厂离开。此处是台北一位师姐将置产钱捐出来买给慈济的，志工们再整修成社区道场。一人之力虽薄弱，但粒米成箩、滴水成河，就可成就大事。证严法师言：“一滴水落在地上随即不见，但滴在海中就是汪洋。”

7月5日　09：19

有博友回应：人类给地球的伤害永远都在。没错，科技给人的伤害也是。为满足无止境的物欲，心灵日渐被污染。但知道真相又如何？谁也抵挡不了时代前进的脚步。重要的是利用科技说好话做好事。网络虽使人虚拟，微博虽使人沉迷，但透过它们也可把错误的观念导正。批评虽有作用，但也会带来反效果，不如从自己做起。

7月6日　08：21

漫走改道，由市街行至郊区的美术馆，沿途的确不宜散心。公共空间不利行人，都市就难可亲。不过，有件事真是窝心。老远就见一少女朝我挥手跑了过来，虽然她笑靥灿烂，但依旧能知她是智力不全之人。她定在我面前兴奋极了，举起双手示意击掌，我当然笑开来迎接她的掌心。“啪”一声！她满足地转身雀跃而去。我真以自己是慈济人为荣。

7月7日　21：19

屏东分会的佛堂正在布置会场，下午一点半才开始心得分享，我早已入座，因为外面太热。里面人人忙着，我定在墙角做事。我的《当代摄影大师》《面对摄影大师》和《当代摄影新锐》，正是在嘈杂餐厅的同一张桌子上写成的。很高兴新版的《二十位人性见证者》正由铁葫芦图书编辑中。好震撼！前一刻人人忙乱，此刻所有入座者齐颂《慈悲三昧水忏》，庄严一片。

7月8日　12：55

随师的最后一天，车队由屏东枫港走南回公路翻山越岭到台东，再走花东山线到花莲，我们立刻搭火车回台北，已是隔日凌晨。还没出发就觉得累了，车队现正起程出发，我还是选海顿同行，旋律一起忧虑便消。穿过行道树射来的阳光时亮时暗，车内像走马灯，乘客如影戏偶，大家都很开心。回想这24天，真是满心欢喜！

7月9日　07：34

12　神州行

在北京798的GRACE酒店房间，面对窗外三棵高挺的大树，觉得身在异乡，但喝着现磨的阮家咖啡又如同在家。昨天刚到就有五位年轻朋友等着，随即温暖满身。铁葫芦图书藏在学校里，在诵书中上班，想必编出了本本佳作。一连接受两家媒体采访后，晚餐大家陪我吃斋，编辑小野女士很会点，让江苏菜成了素食新美味。

4月20日　07：04

昨天下雨，据说是春节以来第一场甘霖。被洗过的树、空气应该干净些，但交通可能更堵。想起第一回来北京，街上只有自行车、三轮车，看得见的稀罕私家车就是红旗，大家买东西还用粮票，没想到二十多年后竟成了这个样子。不知当时投宿在胡同里的河北宾馆如今安在否？窗外大树上数不清的叶子微微飘动，无声。

4月21日　06：42

接受《Lens杂志》采访后漫步798园区，创作氛围已渐被艺品店冲淡了。于巷内“沈记菜馆”问了一声可否素食？店家自信的表情令人放心。刚入座，答来自台湾，女老板脱口的第一个名字竟是高信疆，正是我从故乡到台北最早结交的文化人。“他常带朋友来吃饭，就坐在这位置。”真巧啊，我竟走入了他的所爱，也许这正是他的所愿。

4月21日　13：47

至望京公园晨走，恢复歇了数日的运动。园内空气比街上稍好，迈步起来精神多了。只有十多人在运动，九成是上了年纪的，奇的是，岁数越大步履越轻快，许是越老越能持之以恒。北京的桃花比家乡的盛开数倍，童年农作的那三分菜园上也种有桃树，可疏落多多，今日方见识粉红花瓣四射之姿及落地似锦之美。值!

4月22日　08：21

在北京这几天，一位记者朋友采访了我两回，听了我三场讲座。我所说大同小异，她却如此用心，并向主办单位借了广美展览画册回去看，写文章下这么大工夫，令人起敬。没想到照片背后的故事会感动这么多人，也没想到《人与土地》会被网易“全民公读”选为第一季十大好书。把一件事尽最大能力做好，就会产生非凡的意义。

4月24日　06：07

下雨起风，在酒店赶“南都”专栏，写到童年时总是穿哥哥的旧衣再传给弟弟，一件新衣至少三人穿过，难得买件新衣。妈妈总是特地挑大上两号的衣服，袖子裤脚卷上两褶，下水缩过还能穿两载，因此新衣一穿全不对头，直至渐长合身已见破旧，再传下去。自从写照片故事，我如同一遍又一遍地重过童年，所有酸苦都成甘甜。

4月24日　09：36

打包好行李坐在窗前，多日不见的阳光亮丽在外，精神为之爽朗。昨天中午在《新京报》的拍者讲座上和一群杰出记者及读友分享心得，大家的反应令我满心温暖。这真是极有意义的讲座，是专家及民众共聚的平台，共享摄影在日常生活中的乐趣与意义。做任何事最重要的是找到乐趣，方能持之以恒，如此事情便能做好，也才有意义。

4月25日　07：50

昨天到沈阳已是傍晚，太太和我同时出声想吃饺子，这是每回必尝的乡味。鲁美（沈阳鲁迅美术学院）附近的招待所最熟悉如家，令人一睡睡到天亮。一周来忙个不停，放慢脚步方知悠哉。今天和老友到鲁美未来校区走了一圈，昨日的农村将成来日的校区，今天它却是一片拆迁留下的瓦砾。时代巨轮碾过一切，唯有心中真情留存。明晚六点鲁美讲座。

4月26日　17：50

浑河水位比去年降了大半，不似当时浩浩，岸边三五步一株柳树，随风摇曳，绿意望不尽。恢复中断三天的运动，全身舒畅。朋友说这也是他今年首次来此，树上的嫩芽，地上的草皮也不过近一个礼拜才绿的。我们可赶了早春了，可河面吹来的风还是如冬，整个沈阳每回来都不一样，处处都在起造大楼，一栋高过一栋。

4月27日　10：03

由沈阳回北京的飞机上方知首都的空气确实糟糕，至老友在顺义的新家做客，潮白河畔的优良环境又令人羡慕。天下事没有十全十美的，知足则富。出门已十天，开始念家，此刻能在老友新居过夜有如归之感。明天《看历史》的讲座是此行的终曲。接到台北的通知，《人与土地》及《台北谣言》的繁体字版已出，等着我。

4月28日　23：33

早上五点就到西湖走了半圈，体验了一番杭州市民的小日子，人人把这里当成自家客厅及后院，既可社交又能独处。八九十岁的老人体能胜过壮年的比比皆是，我算是够持之以恒运动的人，但今天真自叹不如了。西湖对杭州人影响真大，使人放慢步调，放松心情，放开胸襟，放下烦恼。难怪随便问个市民，都以杭州为荣。

8月31日　09：21

没带自己烘的咖啡出门，这次行程只好将就。友人问我身上的衣服穿了几年？才注意到蓝色Polo衫已褪成灰的，已有四五年了。我爱穿旧衣旧鞋，如同身体的一部分。内人对我的不讲究，时有微言。要我运动时才穿旧衫，我立刻换了件比较新的，不过也穿了有三年以上。有些东西越老越显好，如好沙发、好皮鞋、好太太。

8月31日　17：46

昨天讲座会场上有人相赠咖啡，现正喝着。博友的温情使即溶咖啡也有了自家烘焙的香醇。谢谢！讲座令专程赶来的听众满意，终于可以轻松了。倒是对拍照与摄影之别的看法，又被大量转发讨论有点儿意外。原文并无贬低拍照之意。我也经常用拍照心情在按快门，可是当我为完成一个主题时，就严肃地进入摄影状态。

9月2日　06：26

般若

昨天在运河（京杭大运河）旁走了一回，参观了刀剑剪及中国伞两个博物馆。藏品虽不丰，但令人很想亲近。杭州所有展馆皆不需购票，真是便民。见几位附近居民在休息区织毛线，也成了市井生活的展品。在大部分美术馆越来越前卫的趋势下，我已许久没有和展品交心的经验了。昨天被几件兵器及伞具打动了，伤人及护人之物竟都是艺术。

9月3日　06：24

下榻的旅店只有大堂能无线上网，两天没写微博。坐在一面瀑布墙前的沙发上，水声哗哗心也难静。回想中山陵的梧桐林道、秦淮河的泛舟、玄武湖畔老人的群舞，处处亲切，想必会再来。中午就要返杭州了，此刻觉得每分都在倒数。人生就像终会归零的计程器，既是前行又是返回，只有留下痕迹才算存在，没有白活。

9月5日　08：53

刚写的一半博文突然消失，这种情况偶尔有之。有时我会重写，有时就此搁下，此刻则另起一则，仿佛是对前一刻心境的告别。是的，刚才我正想把心思化为文字，在捕捉之间有得有失，当失比得多时，文气便中断；若不当机也会被自己删掉。于是那没成形的文思便如游魂般漂泊于外，直到特别时分方又潜回心中。

9月6日　07：30

行李全打包好，等着友人接往机场。这是住过的最大套房了，比很多人的家都要宽敞。卫浴就有两套，客厅书房俱全，装潢、家具、书画、杯盘等极具品味，视听设备的挑选，连音响也是发烧级的。主人的盛情令人感动，只是匆匆一宿就要告别杭州了。中午就回到台北家，直航只需一小时又十分钟，既近又远。

9月6日　08：54

图书在版编目（CIP）数据

阮义忠的微博生活：一日一世界 / 阮义忠著. —北京：中国华侨出版社，2013.5

ISBN 978-7-5113-3541-8

Ⅰ.①阮… Ⅱ.①阮… Ⅲ.①随笔－作品集－中国－当代 Ⅳ.①I267.1

中国版本图书馆CIP数据核字(2013)第085913号

阮义忠的微博生活：一日一世界

著　　者：阮义忠
出 版 人：方　鸣
责任编辑：叶　辞
封面设计：刘　凛［广大迅风艺术］
经　　销：新华书店
开　　本：880mm×1230mm　1/32　印张：7.25　字数：155千字
印　　刷：小森印刷（北京）有限公司
版　　次：2013年7月第1版　　2013年7月第1次印刷
书　　号：ISBN 978-7-5113-3541-8
定　　价：35.00元

中国华侨出版社　北京市朝阳区静安里26号通成达大厦三层
邮　　编：100028
法律顾问：陈鹰律师事务所
发 行 部：（010）82068999　传真：（010）82069000
网　　址：www.oveaschin.com
E-mail：oveaschin@sina.com

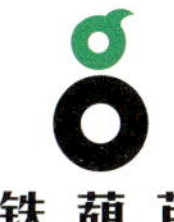

铁 葫 芦

| 阅读开始了

已出书目

《人与土地》 阮义忠 著

《人与土地》是"中国摄影教父"阮义忠最著名的摄影系列，阮义忠朴实忠厚的文字，证明他不仅是优秀的摄影家，也是一位文字高手。

《二十位人性见证者》 阮义忠 著

作者以亲切活泼的笔调和丰富的摄影作品，介绍了桑德、布列松、卡帕、阿勃丝、寇德卡等二十位 20 世纪最具影响力的杰出摄影家的生平经历和影像风格。

即将出版

《都市速写簿》 阮义忠 著

本书为阮义忠拍摄于 1975 年至 1988 年的台北城市掠影，分为"今与昔"、"聚与散"、"是与非"和"空与有"四个单元，共计短文 86 篇，图片 86 张。记录了台北向现代化都市发展的关键进程，反映这座城市及其居民生活的急速变化，也反映了作者对于自己生活、工作的城市的美和温情的再发现。

《失落的优雅》 阮义忠 著

20 世纪七八十年代，摄影家阮义忠在台湾省各处行脚，拍下了无数百姓日常生活的动人瞬间。《失落的优雅》收录了其中 81 幅照片，首次讲述每一帧照片背后的故事，真实呈现了从乡村社会向工商社会转变时，一个变动中的台湾。影像深刻，文字雅洁，无论风景、民俗、人情，都是我们久已失落的朴素与优雅。

官方微博 http://weibo.com/tiehulu **豆瓣小站** http://site.douban.com/tiehulu

地　　址 北京市朝阳区外馆东街23号院，100011

铁葫芦

铁肩担道义　葫芦藏好书